（修订本）

我想做一个能在你的葬礼上描述你一生的人

季羡林　等著

中国致公出版社

目录
CONTENTS

父母在，

人生尚有来处；

双亲去，

此生只剩归途。

我的母亲

老舍

人，即使活到八九十岁，有母亲便可以多少还有点孩子气。失了慈母便像花插在瓶子里，虽然还有色有香，却失去了根。有母亲的人，心里是安定的。

母亲的娘家是北平德胜门外，土城儿外边，通大钟寺的大路上的一个小村里。村里一共有四五家人家，都姓马。大家都种点不十分肥美的地，但是与我同辈的兄弟们，也有当兵的，做木匠的，做泥水匠的和当巡察的。他们虽然是农家，却养不起牛马，人手不够的时候，妇女便也须下地做活。

对于姥姥家，我只知道上述的一点。外公外婆是什么样子，我就不知道了，因为他们早已去世。至于更远的族系与家史，就更不晓得了；穷人只能顾眼前的衣食，没有工夫谈论什么过去的光荣；“家谱”这字眼，我在幼年就根本没有听说过。

母亲生在农家，所以勤俭诚实，身体也好。这一点事实却极重要，因为假若我没有这样的一位母亲，我以为我恐怕也就要大大地打个折扣了。

母亲出嫁大概是很早，因为我的大姐现在已是六十多岁的老太婆，而我的大外甥女还长我一岁啊。我有三个哥哥，四个姐姐，但能长大成人的，只有大姐、二姐、三姐、三哥与我。我是“老”儿子。生我的时候，母亲已有四十一岁，大姐二姐都已出了阁。

由大姐与二姐所嫁入的家庭来推断，在生下我之前，我的家里，大概还马马虎虎过得去。那时候订婚讲究门当户对，而大姐丈是做小官的，二姐丈也开过一间酒馆，他们都是相当体面的人。

可是，我，我给家庭带来了不幸：我生下来，母亲晕过去半夜，才睁眼看见她的老儿子——感谢大姐，把我揣在怀中，致未冻死。

一岁半，我把父亲“克”死了。

兄不到十岁，三姐十二三岁，我才一岁半，全仗母亲独力抚养了。父亲的寡姐跟我们一块儿住，她吸鸦片，她喜摸纸牌，她的脾气极坏。为我们的衣食，母亲要给人家洗衣服，缝补或裁缝衣裳。在我的记忆中，她的手终年是鲜红微肿的。白天，她洗衣服，洗一两大绿瓦盆。她做事永远丝毫也不敷衍，就是屠户们送来的黑如铁的布袜，她也给洗得雪白。晚间，她与三姐抱着一盏油灯，还要缝补衣服，一直到半夜。她终年没有休息，可是在忙碌中，她还把院子、屋中收拾得清清爽爽。桌椅都是旧的，柜门的铜活久已残缺不全，可是她的手老使破桌面上没有尘土，残破的铜活发着光。院中，父亲遗留下的几盆石榴与夹竹桃，永远会得到应有的浇灌与爱护，年年夏天开许多花。

哥哥似乎没有同我玩耍过。有时候，他去读书；有时候，他去当学徒；有时候，他也去卖花生或樱桃之类的小东西。母亲含着泪把他送走，不到两天，又含着泪接他回来。我不明白这都是什么事，而只觉得与他很生疏。与母亲相依为命的是我与三姐。因此，她们做事，我老在后面跟着。她们浇花，我也张罗着取水；她们扫地，我就撮土……从这里，我学得了爱花，爱清洁，守秩序。这些习惯至今还被我保存着。

有客人来，无论手中怎么窘迫，母亲也要设法弄一点东西去款待。舅父与表哥们往往是自己掏钱买酒肉食，这使她脸上羞得飞红，可是殷勤地给他们温酒做面，又给她一些喜悦。遇上亲友家中有喜丧事，母亲必把大褂洗得干干净净，亲自去贺吊——份礼也许只是两吊小钱。到如今如我的好客的习性，还未全改，尽管生活是这么清苦，因为自幼儿看惯了的事情是不易改掉的。

姑母常闹脾气。她单在鸡蛋里挑骨头。她是我家中的阎王。直到我入了中学，她才死去，我可是没有看见母亲反抗过。“没受过婆婆的气，还不受大姑子的吗？命当如此！”母亲在非解释一下不足以平服别人的时候，才这样说。是的，命当如此。母亲活到老，穷到老，辛苦到老，全是命当如此。她最会吃亏。给亲友邻居帮忙，她总跑在前面：她会给婴儿洗三——穷朋友们可以因此少花一笔“请姥姥”钱，她会刮痧，她会给孩子们剃头，她会给少妇们绞脸……凡是她能做的，都有求必应。但是吵嘴打架，永远没有她。她宁吃亏，不斗气。当姑母死去的时候，母亲似乎把一世的委屈都哭了出来，一直哭到坟地。不知道哪里来的一位侄子，声称有继承权，母亲便一声不响，教他搬走那些破桌子烂板凳，而且把姑母养的一只肥母鸡也送给他。

可是，母亲并不软弱。父亲死在庚子闹“拳”的那一年。联军入城，挨家搜索财物鸡鸭，我们被搜两次。母亲拉着哥哥与三姐坐在墙根，等着“鬼子”进门，街门是开着的。“鬼子”进门，一刺刀先把老黄狗刺死，而后入室搜索。他们走后，母亲把破衣箱搬起，才发现了我。假若箱子不空，我早就被压死了。皇上跑了，丈夫死了，“鬼子”来了，满城是血光火焰，可是母亲不怕，她要在刺刀下，饥荒中，保护着儿女。北平有多少变乱啊，有时候兵变了，街市整条地烧起，火团落在我们院中。有时候内战了，城门紧闭，铺店关门，昼夜响着枪炮。这惊恐，这紧张，再加上一家饮食的筹划，儿女安全的顾虑，岂是一个软弱的老寡妇所能受得起的？可是，在这种时候，母亲的心横起来，她不慌不哭，要从无办法中想出办法来。她的泪会往心中落！这点软而硬的个性，也传给了我。我对一切人与事，都取和平的态度，把吃亏看作当然的。但是，在做人上，我有一定的宗旨与基本的法则，什么事都可将就，而不能超过自己划好的界限。我怕见生人，怕办杂事，怕出头露面；但是到了非我去不可的时候，我便不得不去，正像我的母亲。从私塾到小学，到中学，我经历过起码有二十位教师吧，其中有给我很大影响的，也有毫无影响的，但是我的真正的教师，把性格传给我的，是我的母亲。母亲并不识字，她给我的是生命的教育。

当我在小学毕了业的时候，亲友一致地愿意我去学手艺，好帮助母亲。我晓得我应当去找饭吃，以减轻母亲的勤劳困苦。可是，我也愿意升学。我偷偷地考入了师范学校——制服、饭食、书籍、宿处，都由学校供给。只有这样，我才敢对母亲提升学的话。入学，要交十元的保证金。这是一笔巨款！母亲犯了半个月的难，把这巨款筹到，而后含泪把我送出门去。她不辞劳苦，只要儿子有出息。当我由师范毕业，而被派为小学校长，母亲与我都一夜不曾合眼。我只说了句："以后，您可以歇一歇了！"她的回答只有一串串的眼泪。我入学之后，三姐结了婚。母亲对儿女都是一样疼爱的，但是假若她也有点偏爱的话，她应当偏爱三姐，因为自父亲死后，家中一切的事情都是母亲和三姐共同撑持的。三姐是母亲的右手。但是母亲知道这右手必须割去，她不能为自己的便利而耽误了女儿的青春。当花轿来到我们的破门外的时候，母亲的手就和冰一样的凉，脸上没有血色——那是阴历四月，天气很暖。大家都怕她晕过去。可是，她挣扎着，咬着嘴唇，手扶着门框，看花轿徐徐地走去。不久，姑母死了。三姐已出嫁，哥哥不在家，我又住学校，家中只剩母亲自己。她还须自晓至晚地操作，可是终日没人和她说一句话。新年到了，正赶上政府倡用阳历，不许过旧年。除夕，我请了两小时的假。由拥挤不堪的街市回到清炉冷灶的家中。母亲笑了。及至听说我还须回校，她愣住了。半天，她才叹出一口气来。到我该走的时候，她递给我一些花生，"去吧，小子！"街上是那么热闹，我却什么也没看见，泪遮迷了我的眼。今天，泪又遮住了我的眼，又想起当日孤独地过那凄惨的除夕的慈母。可是慈母不会再候盼着我了，她已入了土！

儿女的生命是不依顺着父母所设下的轨道一直前进的，所以老人总免不了伤心。我二十三岁，母亲要我结婚，我不要。我请来三姐给我说情，老母含泪点了头。我爱母亲，但是我给了她最大的打击。时代使我成为逆子。二十七岁，我去了英国。为了自己，我给六十多岁的老母以第二次打击。在她七十大寿的那一天，我还远在异域。那天，据姐姐们后来告诉我，老太太只喝了两口酒，很早便睡下。她想念她的幼子，而不便说出来。

七七抗战后，我由济南逃出来。北平又像庚子那年似的被鬼子占据了，可是母亲日夜惦念的幼子却跑西南来。母亲怎样想念我，我可以想象得到，可是我不能回去。每逢接到家信，我总不敢马上拆开看，我怕，怕，怕，怕有那不祥的消息。人，即使活到八九十岁，有母亲便可以多少还有点孩子气。失了慈母便像花插在瓶子里，虽然还有色有香，却失去了根。有母亲的人，心里是安定的。我怕，怕，怕家信中带来不好的消息，告诉我已是失了根的花草。

去年一年，我在家信中找不到关于老母的起居情况。我疑虑，害怕。我想象得到，如有不幸，家中念我流亡孤苦，或不忍相告。母亲的生日是在九月，我在八月半写去祝寿的信，算计着会在寿日之前到达。信中嘱咐千万把寿日的详情写来，使我不再疑虑。十二月二十六日，由文化劳军的大会上回来，我接到家信。我不敢拆读。就寝前，我拆开信，母亲已去世一年了！

生命是母亲给我的。我之所以能长大成人，是母亲的血汗灌养的。我之所以能成为一个不十分坏的人，是母亲感化的。我的性格、习惯，是母亲传给的。她一世未曾享过一天福，临死还吃的是粗粮。唉！还说什么呢？心痛！心痛！

一条老狗

季羡林

让我再陪母亲住上几天吧。在茫茫百年中，我在母亲身边只住过六年多，现在仅仅剩下了几天，再不陪就真正抱恨终天了。

自己也不知道是什么原因，我总会不时想起一条老狗来。在过去七十年的漫长的时间内，不管我是在国内，还是在国外，不管我是在亚洲、在欧洲、在非洲，一闭眼睛，就会不时有一条老狗的影子在我眼前晃动，背景是在一个破破烂烂的篱笆门前，后面是绿苇丛生的大坑，透过苇丛的疏稀处，闪亮出一片水光。

这究竟是怎么一回事呢？

无论用多么夸大的词句，也绝不能说这一条老狗是逗人喜爱的。它只不过是一条最普普通通的狗，毛色棕红、灰暗，上面沾满了碎草和泥土，在乡村群狗当中，无论如何也显不出一点特异之处，既不凶猛，又不魁梧。然而，就是这样一条不起眼儿的狗却揪住了我的心，一揪就是七十年。

因此，话必须从七十年前说起。当时我还是一个不谙世事的毛头小伙子，正在清华大学读西洋文学系二年级。能够进入清华园，是我平生最满意的事情，日子过得十分惬意。然而，好景不长。有一天，是在秋天，我忽然接到从济南家中打来的电报，只有四个字："母病速归。"我仿佛是劈头挨了一棒，脑筋昏迷了半天。我立即买好了车票，登上开往济南的火车。

我当时的处境是，我住在济南叔父家中，这里就是我的家，而我母亲却住在清平官庄的老家里。整整十四年前，我六岁的那一年，也就是一九一七年，我离开了故乡，也就是离开了母亲，到济南叔父处去上学。我上一辈共有十一位叔伯兄弟，而男孩却只有我一个。济南的叔父也只有一个女孩，于是在表面上我就成了一个宝贝蛋。然而真正从心眼里爱我的只有母亲一人，别人不过是把我看成能够传宗接代的工具而已。这一层道理一个六岁的孩子是无法理解的。可是离开母亲的痛苦我却是理解得又深又透的。到了济南后第一夜，我生平第一次不在母亲怀抱里睡觉，而是孤身一个人躺在一张小床上，我无论如何也睡不着，我一直哭了半夜。这是怎么一回事呀！为什么把我弄到这里来了呢？"遥怜小儿女，未解忆长安"，母亲当时的心情，我还不会去猜想。现在追忆起来，她一定会是肝肠寸断，痛哭绝不止半夜。现在，这已成了一个万古之谜，永远也不会解开了。

从此我就过上了寄人篱下的生活。我不能说，叔父和婶母不喜欢我，但是，我唯一被喜欢的资格就是，我是一个男孩。不是亲生的孩子同自己亲生的孩子感情必然有所不同，这是人之常情，用不着掩饰，更用不着美化。我在感情方面不是一个麻木的人，一些细微末节，我体会极深。常言道：没娘的孩子最痛苦。我虽有娘，却似无娘，这痛苦我感受得极深。我是多么想念我故乡里的娘呀！然而，天地间除了母亲一个人外有谁真能了解我的心情、我的痛苦呢？因此，我半夜醒来一个人偷偷地在被窝里吞声饮泣的情况就越来越多了。

在整整十四年中，我总共回过三次老家。第一次是在我上小学的时候，为了奔大奶奶之丧而回家的。大奶奶并不是我的亲奶奶，但是从小就对我疼爱异常。如今她离开了我们，我必须回家，这似乎是天经地义的事情。这一次我在家只住了几天，母亲异常高兴，自在意中。第二次回家是在我上中学的时候，原因是父亲卧病。叔父亲自请假回家，看自己共过患难的亲哥哥。这次在家住的时间也不长。我每天坐着牛车，带上一包点心，到离开我们村相当远的一个大地主兼中医的村里去请他，到我家来给父亲看病，看完再用牛车送他回去。路是土路，坑洼不平，牛车走在上面，颠颠簸簸，来回两趟，要用去差不多一整天的时间。至于医疗效果如何呢？那只有天晓得了。反正父亲的病没有好，也没有变坏。叔父和我的时间都是有限的，我们只好先回济南了。过了没有多久，父亲终于走了。十一叔到济南来接我回家。这是我第三次回家，同第一次一样，专为奔丧。在家里埋葬了父亲，又住了几天。现在家里只剩下了母亲和二妹两个人。家里失掉了男主人，一个妇道人家怎样过那种只有半亩地的穷日子，母亲的心情怎样，我只有十一二岁，当时是难以理解的。但是，我仍然必须离开她到济南去继续上学。在这样万般无奈的情况下，但凡母亲还有不管是多么小的力量，她也决不会放我走的。可是她连一丝一毫的力量也没有。她一字不识，一辈子连个名字都没有能够取上，做了一辈子“季赵氏”。到了今天，父亲一走，她怎样活下去呢？她能给我饭吃吗？不能的，绝不能的。母亲内心的痛苦和忧愁，连我都感觉到了。最后她只能眼睁睁地看着自己最亲爱的孩子离开了自己，走了，走了。谁会知道，这是她最后一次看到自己的儿子呢？谁会知道，这也是我最后一次见到母亲呢？

回到济南以后，我由小学而初中，由初中而高中，由高中而到北京来上大学，在长达八年的过程中，我由一个浑浑沌沌的小孩子变成了一个青年人，知识增加了一些，对人生的了解也多了不少。对母亲当然仍然是不断想念的。但在暗中饮泣的次数少了，想的是一些切切实实的问题和办法。我梦想，再过两年，我大学一毕业，由于出身一个名牌大学，抢一只饭碗是不成问题的。到了那时候，自己手头有了钱，我将首先把母亲迎至济南。她才四十来岁，今后享福的日子多着哩。

可是我这一个奇妙如意的美梦竟被一张“母病速归”的电报打了个支离破碎。我现在坐在火车上，心惊肉跳，忐忑难安。哈姆莱特问的是to be or not to be，我问的是母亲是病了，还是走了？我没有法子求签占卜，可我又偏想知道个究竟，我于是自己想出了一套占卜的办法。我闭上眼睛，如果一睁眼能看到一根电线杆，那母亲就是病了；如果看不到，就是走了。当时火车速度极慢，从北京到济南要走十四五个小时。就在这样长的时间内，我闭眼又睁眼反复了不知多少次。有时能看到电线杆，则心中一喜。有时又看不到，则心中一惧。到头来也没能得出一个肯定的结果。我到了济南。

到了家中，我才知道，母亲不是病了，而是走了。这消息对我真如五雷轰顶，我昏迷了半晌，躺在床上哭了一天，水米不曾沾牙。悔恨像大毒蛇直刺入我的心窝。在长达八年的时间内，难道你就不能在任何一个暑假内抽出几天时间回家看一看母亲吗？二妹在前几年也从家乡来到了济南，家中只剩下母亲一个人，孤苦伶仃，形单影只，而且又缺吃少喝，她日子是怎么过的呀！你的良心和理智哪里去了？你连想都不想一下吗？你还能算得上是一个人吗？我痛悔自责，找不到一点能原谅自己的地方。我一度曾想到自杀，追随母亲于地下。但是，母亲还没有埋葬，不能立即实行。在极度痛苦中我胡乱诌了一副挽联：

一别竟八载，多少次倚闾怅望，眼泪和血流，迢迢玉宇，高处寒否？

为母子一场，只留得面影迷离，入梦浑难辨，茫茫苍天，此恨曷极！

对仗谈不上，只不过想聊表我的心情而已。

叔父婶母看着苗头不对，怕真出现什么问题，派马家二舅陪我还乡奔丧。到了家里，母亲已经成殓，棺材就停放在屋子中间。只隔一层薄薄的棺材板，我竟不能再见母亲一面，我与她竟是人天悬隔矣。我此时如万箭钻心，痛苦难忍，想一头撞死在母亲棺材上，被别人死力拽住，昏迷了半天，才醒转过来。抬头看屋中的情况，真正是家徒四壁，除了几只破椅子和一只破箱子以外，什么都没有。在这样的环境中，母亲这八年的日子是怎样过的，不是一清二楚了吗？我又不禁悲从中来，痛哭了一场。

现在家中已经没了女主人，也就是说，没有了任何人。白天我到村内二大爷家里去吃饭，讨论母亲的安葬事宜。晚上则由二大爷亲自送我回家。那时村里不但没有电灯，连煤油灯也没有。家家都点豆油灯，用棉花条搓成灯捻，只不过是有点微弱的亮光而已。有人劝我，晚上就睡在二大爷家里，我执意不肯。让我再陪母亲住上几天吧。在茫茫百年中，我在母亲身边只住过六年多，现在仅仅剩下了几天，再不陪就真正抱恨终天了。于是二大爷就亲自提一个小灯笼送我回家。此时，万籁俱寂，宇宙笼罩在一片黑暗中，只有天上的星星在眨眼，仿佛闪出一丝光芒。全村没有一点亮光，没有一点声音。透过大坑里芦苇的疏隙闪出一点水光。走近破篱笆门时，门旁地上有一团黑东西，细看才知道是一条老狗，静静地卧在那里。狗们有没有思想，我说不准，但感情的确是有的。这一条老狗几天来大概是陷入困惑中：天天喂我的女主人怎么忽然不见了？它白天到村里什么地方偷一点东西吃，立即回到家里来，静静地卧在篱笆门旁。见了我这个小伙子，它似乎感到我也是这家的主人，同女主人有点什么关系，因此见到了我并不咬我，有时候还摇摇尾巴，表示亲昵。那一天晚上我看到的就是这一条老狗。

我孤身一个人走进屋内，屋中停放着母亲的棺材。我躺在里面一间屋子里的大土炕上，炕上到处是跳蚤，它们勇猛地向我发动进攻。我本来就毫无睡意，跳蚤的干扰更加使我难以入睡了。我此时孤身一人陪伴着一具棺材。我是不是害怕呢？不的，一点也不。虽然是可怕的棺材，但里面躺的人却是我的母亲。她永远爱她的儿子，是人，是鬼，都决不会改变的。

正在这时候，在黑暗中外面走进来一个人，听声音是对门的宁大叔。在母亲生前，他帮助母亲种地，干一些重活，我对他真是感激不尽。他一进屋就高声说："你娘叫你哩！"我大吃一惊：母亲怎么会叫我呢？原来宁大婶撞客了，撞着的正是我母亲。我赶快起身，走到宁家。在平时这种事情我是绝对不会相信的。此时我却是心慌意乱了。只听从宁大婶嘴里叫了一声："喜子呀！娘想你啊！"我虽然头脑清醒，然而却泪流满面。娘的声音，我八年没有听到了。这一次如果是从母亲嘴里说出来的，那有多好啊！然而却是从宁大婶嘴里，但是听上去确实像母亲当年的声音。我信呢，还是不信呢？你不信能行吗？我糊里糊涂地如醉似痴地走了回来。在篱笆门口，地上黑黢黢的一团，是那一条忠诚的老狗。

我又躺在炕上，无论如何也睡不着了，两只眼睛望着黑暗，仿佛能感到自己的眼睛在发亮。我想了很多很多，八年来从来没有想到的事，现在全想到了。父亲死了以后，济南的经济资助几乎完全断绝，母亲就靠那半亩地维持生活，她能吃得饱吗？她一定是天天夜里躺在我现在躺的这一个土炕上想她的儿子，然而儿子却音信全无。她不识字，我写信也无用。听说她曾对人说过："如果我知道他一去不回头的话，我无论如何也不会放他走的！"这一点我为什么过去一点也没有想到过呢？古人说："树欲静而风不止，子欲养而亲不待。"现在这两句话正应在我的身上，我亲自感受到了；然而晚了，晚了，逝去的时光不能再追回了！"长夜漫漫何时旦？"我却盼天赶快亮。然而，我立刻又想到，我只是一次度过这样痛苦的漫漫长夜，母亲却度过了将近三千次。这是多么可怕的一段时间啊！在长夜中，全村没有一点灯光，没有一点声音，黑暗仿佛凝结成为固体，只有一个人还瞪大了眼睛在玄想，想的是自己的儿子。伴随她的寂寥的只有一个动物，就是篱笆门外静卧的那一条老狗。

想到这里，我无论如何也不敢再想下去了；如果再想下去的话，我不知道会出现什么样的情况。

母亲的丧事处理完，又是我离开故乡的时候了。临离开那一座破房子时，我一眼就看到那一条老狗仍然忠诚地趴在篱笆门口。见了我，它似乎预感到我要离开了，它站了起来，走到我跟前，在我腿上擦来擦去，对着我尾巴直摇。我一下子泪流满面，我知道这是我们的永别，我俯下身，抱住了它的头，亲了一口。我很想把它抱回济南，但那是绝对办不到的。我只好一步三回首地离开了那里，眼泪向肚子里流。

到现在这一幕已经过去了七十年。我总是不时想到这一条老狗。女主人没了，少主人也离开了，它每天到村内找点东西吃，究竟能够找多久呢？我相信，它绝不会离开那个篱笆门口的，它会永远趴在那里的，尽管脑袋里也会充满了疑问。它究竟趴了多久，我不知道，也许最终是饿死的。我相信，就是饿死，它也会死在那个破篱笆门口。后面是大坑里透过苇丛闪出来的水光。

我从来不信什么轮回转生；但是，我现在宁愿信上一次。我已经九十岁了，来日苦短了。等到我离开这个世界以后，我会在天上或者地下什么地方与母亲相会，趴在她脚下的仍然是这一条老狗。

我的祖母之死（节选）

徐志摩

我想象着看见祖母脱离了躯壳与人间，穿着雪白的长袍，冉冉地升上天去，我只想默默地跪在尘埃，赞美她一生的功德，赞美她一生的圆寂。

◎

我在我的日记里翻出一封不曾写完不曾付寄的信，是我祖母死后第二天的早上写的。我是在极强烈的极鲜明的时刻内，很想把那几日的感想与疑问，痛快地写给一个同情的好友，使他在数千里外也能分尝我强烈的鲜明的感情。那位同情的好友我选中了通伯。但那封信却只起了一个呆重的头，一为丧中忙，二为我那时眼热不耐用心，始终不曾写就，一直挨到现在再想补写，恐怕强烈已经变弱，鲜明已经透暗，逃亡的囚逋，不易追获的了。我现在把那封残信录在这里，再来追摹当时的情景。

通伯：

我的祖母死了！从昨夜十时半起，直到现在，满屋子只是号啕呼抢的悲音，与和尚、道士、女僧的礼忏鼓磬声。二十年前祖父丧时的情景，如今又在眼前了。忘不了的情景！你愿否听我讲些？

我一路回家，怕的是也许已经见不到老人，但老人却在生死的交关仿佛存心地弥留着，等待她最钟爱的孙儿——即使不能与他开言诀别，也使他尚能把握她依然温暖的手掌，抚摸她依然跳动着的胸怀，凝视她依然能自开自阖虽则不再能表情的眼睛。她的病是脑充血的一种，中医称为“卒中”（最难救的中风）。

她十日前在暗房里蹶仆倒地，从此不再开口出言，登仙似的结束了她八十四岁的长寿，六十年良妻与贤母的辛勤，她现在已经永远地脱辞了烦恼的人间，还归她清净自在的来处。我们承受她一生的厚爱与荫泽的儿孙，此时亲见，将来追念，她最后的神化，不能自禁中怀的摧痛，热泪暴雨似的盆涌，然痛心中却亦隐有无穷的赞美，热泪中依稀想见她功成德备的微笑，无形中似有不朽的灵光，永远地临照她绵衍的后裔……

◎

旧历的乞巧那一天，我们一大群快活的游踪，驴子灰的黄的白的，轿子四个脚夫抬的，正在山海关外迂回的、曲折的绕登角山的栖贤寺，面对着残圮的长城，巨虫似的爬山越岭，隐入烟霭的迷茫。那晚回北戴河海滨住处，已经半夜，我们还打算天亮四点钟上莲峰山去看日出，我已经快上床，忽然想起了，出去问有信没有，听差递给我一封电报，家里来的四等电报。

我就知道不妙，果然是“祖母病危速回”！我当晚就收拾行装，赶早上六时车到天津，晚上才上津浦快车。正嫌路远车慢，半路又为水发冲坏了轨道过不去，一停就停了十二点钟有余，在车里多过了一夜，直到第三天的中午方才过江上沪宁车。这趟车如其准点到上海，刚好可以接上沪杭的夜车，谁知道又误了点，误了不多不少的一分钟，一面我们的车进站，他们的车头呜的一声叫，别断别断地去了！我若然是空身子，还可以冒险跳车，偏偏我的一双手又被行李雇定了，所以只得定着眼睛送它走。

所以直到八月二十二日的中午我方才到家。我给通伯的信说“怕是已经见不着老人”，在路上那几天真是难受，缩不短的距离没有法子，但是那急人的水发，急人的火车，几面凑拢来，叫我整整的迟一昼夜到家！试想病危了的八十四岁的老人，这二十四点钟不是容易过的，要是她刚巧在这个期间内有什么动静，那才叫人抱憾哩！但是结果还算没有多大的差池——她老人家还在生死的交关等着！

◎

奶奶——奶奶——奶奶！奶——奶！你的孙儿回来了，奶奶！没有回音。老太太阖着眼，仰面躺在床里，右手拿着一把半旧的雕翎扇很自在地扇动着。老太太原来就怕热，每年暑天总是扇子不离手的，那几天又是特别的热。这还不是好好的老太太，呼吸顶匀净的，定是睡着了，谁说危险！奶奶，奶奶！

她把扇子放下了，伸手去摸着头顶上挂着的冰袋，一把抓得紧紧的，呼了一口长气，像是暑天赶道儿地喝了一碗凉汤似的，这不是她明明的有感觉不是？我把她的手拿在我的手里，她似乎感觉我手心的热，可是她也让我握着，她开眼了！右眼张得比左眼开些，瞳子却是发呆，我拿手指在她的眼前一挑，她也没有眨，那准是她瞧不见了——奶奶，奶奶，——她也真没有听见，难道她真是病了，真是危险，这样爱我疼我宠我的好祖母，难道真会得……我心里一阵的难受，鼻子里一阵的酸，滚热的眼泪就迸了出来。这时候床前已经挤满了人，我的这位，我的那位，我一眼看过去，只见一片惨白忧愁的面色，一双双装满了泪珠的眼眶。我的妈更看的憔悴。她们已经伺候了六天六夜，妈对我讲祖母这回不幸的情形，怎样的她夜饭前还在大厅上吩咐事情，怎样的饭后进房去自己擦脸，不知怎样的闪了下去，外面人听着响声才进去，已经是不能开口了，怎样的请医生，一直到现在还没有转机……

一个人到了天伦骨肉的中间，整套的思想情绪，就变换了式样与颜色。你的不自然的口音与语法没有用了；你的耀眼的袍服可以不必穿了；你的洁白的天使的翅膀，预备飞翔出人间到天堂的，不便在你的慈母跟前自由的开豁；你的理想的楼台亭阁，也不轻易地放进这二百年的老屋；你的佩剑、要塞，以及种种的防御，在争竞的外界即使是必要的，到此只是可笑的累赘。在这里，不比在其余的地方，他们所要求于你的，只是随熟的声音与笑貌，只是好的、纯粹的本性，只是一个没有斑点的赤裸裸的好心。在这些纯爱的骨肉的经纬中心，不由得你不从你的天性里抽出最柔糯亦最有力的几缕丝线来加密或是缝补这幅天伦的结构。

所以我那时坐在祖母的床边，念着两朵热泪，听母亲叙述她的病况，我脑中发生了异常的感想，我像是至少逃回了二十年的光阴，正如我膝前子侄辈一般的高矮，回复了一片纯朴的童真，早上走来祖母的床前，揭开帐子叫一声软和的奶奶，她也回叫了我一声，伸手到里床去摸给我一个蜜枣或是三片状元糕，我又叫了一声奶奶，出去玩了，那是如何可爱的晨光，如何可爱的天真，但如今没有了，再也不回来了。现在床里躺着的，仍然是我的亲爱的祖母，十个月前我伴着到普陀登山拜佛清健的祖母，但现在何以不再答应我的呼唤，何以不再能表情，不再能说话，她的灵性哪里去了，她的灵性哪里去了？

◎

一天，一天，又是一天——在垂危的病榻前过的时刻，不比平常飞驶无碍的光阴，时钟上同样的一声的嗒，直接地打在你的焦急的心里，给你一种模糊的隐痛——祖母还是照样地眠着，右手的脉自从起病以来已是极微仅有的，但不能动弹的却反是有脉的左侧，右手还是不时在挥扇，但她的呼吸还是一例的平匀，面容虽不免瘦削，光泽依然不减，并没有显著的衰象，所以我们在旁边看她的，差不多每分钟都盼望她从这长期的睡眠中醒来，打一个呵欠，就开眼见人，开口说话——果然她醒了过来，我们也不会觉得离奇，像是原来应当似的。但这究竟是我们亲人绝望中的盼望，实际上所有的医生，中医、西医、针医，都已一致地回绝，说这是“不治之症”。中医说这脉象是凭证，西医说脑壳里血管破裂，虽则植物性机能——呼吸、消化——不曾停止，但言语中枢已经断绝——此外更专门更玄学更科学的理论我也记不得了。所以暂时不变的原因，就在老太太本来的体元太好了，拳术家说的“一时不能散工”，并不是病有转机的兆头。

我们自己人也何尝不明白这是个绝症；但我们却总不忍自认是绝望：这“不忍”便是人情。我有时在病榻前，在凄恺的静默中，发生了重大的疑问。科学家说人的意识与灵感，只是神经系最高的作用，这复杂、微妙的机械，只要部分有了损伤或是停顿，全体的动作便发生相当的影响；如其最重要的部分受了扰乱，他不是变成反常的疯癫，便是完全地失去意识。照这一说，体即是用，离了体即没有用；灵魂是宗教家的大谎，人的身体一死什么都完了。这是最干脆不过的说法，我们活着时有这样有那样已经够麻烦，尽够受，谁还有兴致，谁还愿意到坟墓的那一边再去发生关系，地狱也许是黑暗的，天堂是光明的，但光明与黑暗的区别无非是人类专擅的假定，我们只要摆脱这皮囊，还归我清静，我就不愿意头戴一个黄色的空圈子，合着手掌跪在云端里受罪！

再回到事实上来，我的祖母——一位神智最清明的老太太——究竟在哪里？我既然不能断定因为神经部分的震裂她的灵感性便永远的消减，但同时她又分明失却了表情的能力，我只能设想她人格的自觉性，也许比平时消淡了不少，却依旧是在着，像在梦魇里将醒未醒时似的，明知她的儿女孙曾不住地叫唤她醒来，明知她即使要永别也总还有多少的嘱咐，但是可怜她的睛球再不能反映外界的印象，她的声带与口舌再不能表达她内心的情意，隔着这脆弱的肉体的关系，她的性灵再不能与他最亲的骨肉自由地沟通——也许她也在整天整夜地伴着我们焦急，伴着我们伤心，伴着我们出泪，这才是可怜，这才真叫人悲感哩！

◎

到了八月二十七那天，离她起病的第十一天，医生吩咐，脉象大大地变了，叫我们当心，这十一天内每天她只咽入很困难的几滴稀薄的米汤，现在她的面上的光泽也不如早几天了，她的眼眶更陷落了，她的口部的筋肉也更宽弛了，她右手的动作也减少了，即使拿起了扇子也不再能很自然地扇动了——她的大限的确已经到了。但是到晚饭后，反是没有什么显像。同时一家人着了忙，准备寿衣的、准备冥银的、准备香灯等等的。我从里走出外，又从外走进里，只见匆忙的脚步与严肃的面容。这时病人的大动脉已经微细得不可辨，虽则呼吸还不至怎样的急促。这时一门的骨肉已经齐集在病房里，等候那不可避免的时刻。到了十时光景，我和我的父亲正坐在房的那一头一张床上，忽然听得一个哭叫的声音说——“大家快来看呀，老太太的眼睛张大了！”这尖锐的喊声，仿佛是一大桶的冰水浇在我的身上，我所有的毛管一齐竖了起来，我们踉跄地奔到了床前，挤进了人丛。果然，老太太的眼睛张大了，张得很大了！这是我一生从不曾见过，也是我一辈子忘不了的眼见的神奇（恕罪我的描写！）不但是两眼，面容也是绝对的神变了，她原来皱缩的面上，发出一种鲜润的彩泽，仿佛半淤的血脉，又一度充满了生命的精液，她的口，她的两颊，也都回复了异样的丰润；同时她的呼吸渐渐地上升，急进的短促，现在已经几乎脱离了气管，只在鼻孔里脆响地呼出了。但是最神奇不过的是一双眼睛！她的瞳孔早已失去了收敛性，呆顿地放大了。

但是最后那几秒钟！不但眼眶是充分的张开了，不但黑白分明，瞳孔锐利的紧敛了，并且放射着一种不可形容、不可信的辉光，我只能称他为“生命最集中的灵光”！这时候床前只是一片的哭声，子媳唤着娘，孙子唤着祖母，婢仆争喊着老太太，几个稚龄的曾孙，也跟着狂叫太太……但老太太最后的开眼，仿佛是与她亲爱的骨肉，作无言的诀别，我们都在号泣地送终，她也安慰了，她放心地去了。在几秒时间内，死的黑影已经移上了老人的面部，遏灭了生命的异彩，她最后的呼气，正似水泡破裂，电光杳灭，菩提的一响，生命呼出了窍，什么都止息了。

◎

我满心充塞了死象的神奇，同时又须顾管我有病的母亲，她那时出性地号啕，在地板上滚着，我自己反而哭不出来；我自己也觉得奇怪，眼看着一家长幼的涕泪滂沱，耳听着狂沸似的呼抢号叫，我不但不发生同情的反应，却反而达到了一个超感情的、静定的、幽妙的意境，我想象着看见祖母脱离了躯壳与人间，穿着雪白的长袍，冉冉地升上天去，我只想默默地跪在尘埃，赞美她一生的功德，赞美她一生的圆寂。这是我的设想！我们内地人却没有这样纯粹的宗教思想；他们的假定是不论死的是高年厚德的老人或是无知无慾的幼孩，或是罪大恶极的凶人，临到弥留的时刻总是一例的有无常鬼、摸壁鬼、牛头马面、赤发獠牙的阴差等等到门，拿着镣链枷锁，来捉拿阴魂到案。所以烧纸帛是平他们的暴戾，最后的呼抢是没奈何的诀别。这也许是大部分临死时实在的情景，但我们却不能概定所有的灵魂都不免遭受这样的凌辱。譬如我们的祖老太太的死，我只能想象她是登天，只能想象她慈祥的神化——像那样鼎沸的号啕，固然是至性不能自禁，但我总以为不如匍匐隐泣或默祷，较为近情，较为合理。

理智发达了，感情便失了自然的浓挚；厌世主义的看来，眼泪与笑声一样是空虚的，无意义的。但厌世主义姑且不论，我却不相信理智的发达，会妨碍天然的情感；如其教育真有效力，我以为效力就在剥削了不合理性的“感情作用”，但绝不会有损真纯的感情；他眼泪也许比一般人流得少些，但他等到流泪的时候，他的泪才是应流的泪。我也是智识愈开流泪愈少的一个人，但这一次却也真的哭了好几次。一次是伴我的姑母哭的，她为产后不曾复元，所以祖母的病一直瞒着她，一直到了祖母故后的早上方才通知她。她扶病来了，她还不曾下轿，我已经听出她在啜泣，我一时感觉一阵的悲伤，等到她出轿放声时，我也在房中欷歔不住。又一次是伴祖母当年的赠嫁婢哭的。她比祖母小十一岁，今年七十三岁，亦已是个白发的婆子，她也来哭她的“小姐”，她是见着我祖母的花烛的唯一的人，她一哭我也哭了。

再有是伴我的父亲哭的。我总是觉得一个身体伟大的人，他动情感的时候，动人的力量也比平常人伟大些。我见了我父亲哭泣，我就忍不住要伴着淌泪。但是感动我最强烈的几次，是他一人倒在床里，反复地啜泣着，叫着妈，像一个小孩似的，我就感到最热烈的伤感，在他伟大的心胸里浪涛似的起伏，我就感到母子的感情的确是一切感情的起源与总结，等到一失慈爱的荫庇，仿佛一生的事业顿时没有了根柢，所有的快乐都不能填平这唯一的缺陷；所以他这一哭，我也真哭了。

但是我的祖母果真是死了吗？她的躯体是的。但她是不死的。诗人勃兰恩德[①]（Bryant）说：

So live, that when thy summons comes to join the innumerable caravan, which moves to that mysterious realm where each one takes

①勃兰恩德，通译布赖恩特（1794—1878），美国诗人。

his chamber in the silent halls of death, then go not, like the quarry slave at night scourged to his dungeon, but sustained and soothed.

By an unfaltering truth, approach thy grave like one that wraps the drapery of his couch, about him, and lies down to pleasant dreams.①

如果我们的生前是尽责任的，是无愧的，我们就会坦然地走近我们的坟墓，我们的灵魂里不会有惭愧或悔恨的啮痕。人生自生至死，如勃兰恩德的比喻，真是大队的旅客在不尽的沙漠中进行，只要良心有个安顿，到夜里你卧倒在帐幕里也就不怕噩梦来缠绕。

我的祖母，在那旧式的环境里，到我们家来五十九年，真像是做了长期的苦工，她何尝有一日的安闲，不必说子女的嫁娶，就是一家的柴米油盐，扫地抹桌，哪一件事不在八十岁老人早晚的心上！我的伯父快近六十岁了，但他的起居饮食，还差不多完全是祖母经管的，初出世的曾孙如其有些身热咳嗽，老太太晚上就睡不安稳；她爱我宠我的深情，更不是文字所能描写；她那深厚的慈荫，真是无所不包，无所不蔽。但她的身心即使劳碌了一生，她的报酬却在灵魂无上的平安；她的安慰就在她的儿女孙曾，只要我们能够步她的前例，各尽天定的责任，她在冥冥中也就永远地微笑了。

---

①"活下去吧，当你受到召唤，去加入向那神秘的领域行进的无穷无尽的旅游队伍，去死亡的府第入住的时候，不要像那逃奴，在深夜里被鞭子抽着回到他的地牢，而应该是镇定与平静的。/因为对真理的毫不动摇的信念，你在走近坟墓的时候要像一个上床睡觉的人，把毯子卷好，躺下准备做一夜的美梦。"（译文引自韩石山《徐志摩散文全集》）

祖父死了的时候

萧红

我懂得的尽是些偏僻的人生，我想世间死了祖父，就没有再同情我的人了，世间死了祖父，剩下的尽是些凶残的人了。

祖父总是有点变样子，他喜欢流起眼泪来，同时过去很重要的事情他也忘掉。比方过去那一些他常讲的故事，现在讲起来，讲了一半，下一半他就说：“我记不得了。”

某夜，他又病了一次，经过这一次病，他竟说：“给你三姑写信，叫她来一趟，我不是四五年没看过她吗？”他叫我写信给我已经死去五年的姑母。

那次离家是很痛苦的。学校来了开学通知信，祖父又一天一天地变样起来。

祖父睡着的时候，我就躺在他的旁边哭，好像祖父已经离开我死去似的，一面哭着一面抬头看他凹陷的嘴唇。我若死掉祖父，就死掉我一生最重要的一个人，好像他死了就把人间一切“爱”和“温暖”带得空空虚虚。我的心被丝线扎住或铁丝绞住了。

我联想到母亲死的时候。母亲死以后，父

亲怎样打我，又娶一个新母亲来。这个母亲很客气，不打我，就是骂，也是指着桌子或椅子来骂我。客气是越客气了，但是冷淡了，疏远了，生人一样。

“到院子去玩玩吧！”祖父说了这话之后，在我的头上撞了一下，“喂！你看这是什么？”一个黄金色的橘子落到我的手中。

夜间不敢到茅厕去，我说：“妈妈同我到茅厕去趟吧？”

“我不去！”

“那我害怕呀！”

“怕什么？”

“怕什么？怕鬼怕神？”父亲也说话了，把眼睛从眼镜上面看着我。

冬天，祖父已经睡下，赤着脚，开着纽扣跟我到外面茅厕去。

学校开学，我迟到了四天。三月里，我又回家一次，正在外面叫门，里面小弟弟嚷着：“姐姐回来了！姐姐回来了！”大门开时，我就远远注意着祖父住着的那间房子。

果然祖父的面孔和胡子闪现在玻璃窗里。我跳着笑着跑进屋去。但不是高兴，只是心酸，祖父的脸色更惨淡更白了。等屋子里一个人没有时，他流着泪，他慌慌忙忙地一边用袖口擦着眼泪，一边抖动着嘴唇说：“爷爷不行了，不知早晚……前些日子好险没跌……跌死。”

“怎么跌的？”

“就是在后屋，我想去解手，招呼人，也听不见，按电铃也没有人来，就得爬啦。还没到后门口，腿颤，心跳，眼前发花了一阵就倒下去。没跌断了腰……人老了，有什么用处！爷爷是八十一岁呢。”

“爷爷是八十一岁。”

“没用了，活了八十一岁还是在地上爬呢！我想你看不着爷爷了，谁知没有跌死，我又慢慢爬到炕上。”

我走的那天也是和我回来那天一样，白色的脸的轮廓闪现在玻璃窗里。

在院心我回头看着祖父的面孔，走到大门口，在大门口我仍可看见，出了大门，就被门扇遮断。

从这一次祖父就与我永远隔绝了。虽然那次和祖父告别，并没说出一个永别的字。

我回来看祖父，这回门前吹着喇叭，幡杆挑得比房头更高，马车离家很远的时候，我已看到高高的白色幡杆了，吹鼓手们的喇叭怆凉地在悲号。马车停在喇叭声中，大门前的白幡、白对联、院心的灵棚、闹嚷嚷许多人，吹鼓手们响起呜呜的哀号。

这回祖父不坐在玻璃窗里，是睡在堂屋的板床上，没有灵魂地躺在那里。我要看一看他白色的胡子，可是怎样看呢？拿开他脸上蒙着的纸吧，胡子、眼睛和嘴，都不会动了，他真的一点感觉也没有了？我从祖父的袖管里去摸他的手，手也没有感觉了。祖父这回真死去了啊！

祖父装进棺材去的那天早晨，正是后园里玫瑰花开放满树的时候。我扯着祖父的一张被角，抬向灵前去。吹鼓手在灵前吹着大喇叭。

我怕起来，我号叫起来。

“咣咣！”黑色的，半尺厚的灵柩盖子压上去。

吃饭的时候，我饮了酒，用祖父的酒杯饮的。饭后我跑到后园玫瑰树下去卧倒，园中飞着蜂子和蝴蝶，绿草的清凉的气味，这都和十年前一样。可是十年前死了妈妈。妈妈死后我仍是在园中扑蝴蝶；这回祖父死去，我却饮了酒。

过去的十年我是和父亲打斗着生活。在这期间我觉得人是残酷的东西。父亲对我是没有好面孔的，对于仆人也是没有好面孔的，他对于祖父也是没有好面孔的。因为仆人是穷人，祖父是老人，我是个小孩子，所以我们这些完全没有保障的人就落到他的手里。后来我看到新娶来的母亲也落到他的手里，他喜欢她的时候，便同她说笑，他恼怒时便骂她，母亲渐渐也怕起父亲来。

母亲也不是穷人，也不是老人，也不是孩子，怎么也怕起父亲来呢？我到邻家去看看，邻家的女人也是怕男人。我到舅家去，舅母也是怕舅父。

我懂得的尽是些偏僻的人生，我想世间死了祖父，就没有再同情我的人了，世间死了祖父，剩下的尽是些凶残的人了。

我饮了酒，回想，幻想……

以后我必须不要家，到广大的人群中去，但我在玫瑰树下颤怵了，人群中没有我的祖父。

所以我哭着，整个祖父死的时候我哭着。

我的母亲

胡适

如果我学得了一丝一毫的好脾气，如果我学得了一点点待人接物的和气，如果我能宽恕人，体谅人——我都得感谢我的慈母。

我小时候身体弱，不能跟着野蛮的孩子们一块儿玩。我母亲也不准我和他们乱跑乱跳。小时不曾养成活泼游戏的习惯，无论在什么地方，我总是文绉绉的。所以家乡老辈都说我“像个先生样子”，遂叫我作“穈先生”。这个绰号叫出去之后，人都知道三先生的小儿子叫作穈先生了。既有“先生”之名，我不能不装出点“先生”样子，更不能跟着顽童们“野”了。有一天，我在我家八字门口和一班孩子“掷铜钱”，一位老辈走过，见了我，笑道：“穈先生也掷铜钱吗？”我听了羞愧得面红耳热，觉得大失了“先生”的身份！

大人们鼓励我装先生样子，我也没有嬉戏的能力和习惯，又因为我确是喜欢看书，故我一生可算是不曾享过儿童游戏的生活。每年秋天，我的庶祖母同我到田里去“监割”（顶好的田，水旱无扰，收成最好，佃户每约田主来监割，打下谷子，两家平分），我总是坐在小树下看小说。十一二岁时，我稍活泼一点，居然和一群同学组织了一个戏剧班，做了一些木刀竹枪，借得了几副假胡须，就在村口田里做戏。我做的往往是诸葛亮、刘备一类的文角儿；只有一次我做史文恭，被花荣一箭从椅子上射倒下去，这算是我最活泼的玩意儿了。

我在这九年（1895—1904）之中，只学得了读书写字两件事。在文字和思想的方面，不能不算是打了一点底子。但别的方面都没有发展的机会。有一次我们村"当朋"（八都凡五村，称为"五朋"，每年一村轮着做太子会，名为"当朋"）筹备太子会，有人提议要派我加入前村的昆腔队里学习吹笙或吹笛。族里长辈反对，说我年纪太小，不能跟着太子会走遍五朋。于是我失掉了这学习音乐的唯一机会。三十年来，我不曾拿过乐器，也全不懂音乐；究竟我有没有一点学音乐的天资，我至今还不知道。至于学图画，更是不可能的事。我常常用竹纸蒙在小说书的石印绘像上，摹画书上的英雄美人。有一天，被先生看见了，挨了一顿大骂，抽屉里的图画都被搜出撕毁了。于是我又失掉了学做画家的机会。

但这九年的生活，除了读书看书之外，究竟给了我一点做人的训练。在这一点上，我的恩师便是我的慈母。

每天天刚亮时，我母亲就把我喊醒，叫我披衣坐起。我从不知道她醒来坐了多久了。她看我清醒了，才对我说昨天我做错了什么事，说错了什么话，要我认错，要我用功读书。有时候她对我说父亲的种种好处，她说："你总要踏上你老子的脚步。我一生只晓得这一个完全的人，你要学他，不要跌他的股。"（跌股便是丢脸，出丑。）她说到伤心处，往往掉下泪来。到天大明时，她才把我的衣服穿好，催我去上早学。学堂门上的锁匙放在先生家里；我先到学堂门口一望，便跑到先生家里去敲门。先生家里有人把锁匙从门缝里递出来，我拿了跑回去，开了门，坐下念生书，十天之中，总有八九天我是第一个去开学堂门的。等到先生来了，我背了生书，才回家吃早饭。

我母亲管束我最严，她是慈母兼任严父。但她从来不在别人面前骂我一句，打我一下。我做错了事，她只对我一望，我看见了她的严厉眼光，便吓住了。犯的事小，她等到第二天早晨我眼醒时才教训我。犯的事大，她等到晚上人静时，关了房门，先责备我，然后行罚，或跪罚，或拧我的肉。无论怎样重罚，总不许我哭出声音来。她教训儿子不是借此出气叫别人听的。

有一个初秋的傍晚，我吃了晚饭，在门口玩，身上只穿着一件单背心。这时候我母亲的妹子玉英姨母在我家住，她怕我冷了，拿了一件小衫出来叫我穿上。我不肯穿，她说："穿上吧，凉了。"我随口回答："娘（凉）什么！老子都不老子呀。"我刚说了这句话，一抬头，看见母亲从家里走出，我赶快把小衫穿上。但她已听见这句轻薄的话了。晚上人静后，她罚我跪下，重重地责罚了一顿。她说："你没了老子，是多么得意的事！好用来说嘴！"她气得坐着发抖，也不许我上床去睡。我跪着哭，用手擦眼泪，不知擦进了什么微菌，后来足足害了一年多的眼翳病。医来医去，总医不好。我母亲心里又悔又急，听说眼翳可以用舌头舔去，有一夜她把我叫醒，她真用舌头舔我的病眼。这是我的严师，我的慈母。

我母亲二十三岁做了寡妇，又是当家的后母。这种生活的痛苦，我的笨笔写不出一万分之一二。家中财政本不宽裕，全靠二哥在上海经营调度。大哥从小就是败子，吸鸦片烟，赌博，钱到手就光，光了就回家打主意，见了香炉就拿出去卖，捞着锡茶壶就拿出押。我母亲几次邀了本家长辈来，给他定下每月用费的数目。但他总不够用，到处都欠下烟债赌债。每年除夕我家中总有一大群讨债的，每人一盏灯笼，坐在大厅上不肯去。大哥早已避出去了。大厅的两排椅子上满满的都是灯笼和债主。我母亲走进走出，料理年夜饭，谢灶神，压岁钱等事，只当作不曾看见这一群人。到了近半夜，快要“封门”了，我母亲才走后门出去，央一位邻舍本家到我家来，每一家债户开发一点钱。做好做歹的，这一群讨债的才一个一个提着灯笼走出去。一会儿，大哥敲门回来了。我母亲从不骂他一句。并且因为是新年，她脸上从不露出一点怒色。这样的过年，我过了六七次。

大嫂是个最无能而又最不懂事的人，二嫂是个很能干而气量很窄小的人。她们常常闹意见，只因为我母亲的和气榜样，她们还不曾有公然相骂相打的事。她们闹气时，只是不说话，不答话，把脸放下来，叫人难看；二嫂生气时，脸色变青，更是怕人。她们对我母亲闹气时，也是如此。我起初全不懂得这一套，后来也渐渐懂得看人的脸色了。我渐渐明白，世间最可厌恶的事莫如一张生气的脸；世间最下流的事莫如把生气的脸摆给旁人看，这比打骂还难受。

我母亲的气量大，性子好，又因为做了后母后婆，她更事事留心，事事格外容忍。大哥的女儿比我只小一岁，她的饮食衣料总是和我的一样。我和她有小争执，总是我吃亏，母亲总是责备我，要我事事让她。后来大嫂二嫂都生了儿子了，她们生气时便打骂孩子来出气，一面打，一面用尖刻有刺的话骂给别人听。我母亲只装作不听见。有时候，她实在忍不住了，便悄悄走出门去，或到左邻立大嫂家去坐一会，或走后门到后邻度嫂家去闲谈。她从不和两个嫂子吵一句嘴。

每个嫂子一生气，往往十天半个月不歇，天天走进走出，板着脸，咬着嘴，打骂小孩子出气。我母亲只忍耐着，忍到实在不可再忍的一天，她也有她的法子。这一天的天明时，她就不起床，轻轻地哭一场。她不骂一个人，只哭她的丈夫，哭她自己苦命，留不住她丈夫来照管她。她先哭时，声音很低，渐渐哭出声来。我醒了起来劝她，她不肯住。这时候，我总听见前堂（二嫂住前堂东房）或后堂（大嫂住后堂西房）有一扇房门开了，一个嫂子走出房向厨房走去。不多一会，那位嫂子来敲我们的房门了。我开了房门，她走进来，捧着一碗热茶，送到我母亲床前，劝她止哭，请她喝口热茶。我母亲慢慢停住哭声，伸手接了茶碗。那位嫂子站着劝一会，才退出去。没有一句话提到什么人，也没有一个字提到这十天半个月来的气脸，然而各人心里明白，泡茶进来的嫂子总是那十天半个月来闹气的人。奇怪得很，这一哭之后，至少有一两个月的太平清静日子。

我母亲待人最仁慈，最温和，从来没有一句伤人感情的话。但她有时候也很有刚气，不受一点人格上的侮辱。我家五叔是个无正业的浪人，有一天在烟馆里发牢骚，说我母亲家中有事总请某人帮忙，大概总有什么好处给他。这句话传到了我母亲耳朵里，她气得大哭，请了几位本家来，把五叔喊来，她当面质问他，她给了某人什么好处。直到五叔当众认错赔罪，她才罢休。

我在我母亲的教训之下住了九年，受了她的极大极深的影响。

我十四岁（其实只有十二岁零两三个月）便离开她了，在这广漠的人海里独自混了二十多年，没有一个人管束过我。如果我学得了一丝一毫的好脾气，如果我学得了一点点待人接物的和气，如果我能宽恕人，体谅人——我都得感谢我的慈母。

母亲的时钟

鲁彦

自从有了时钟以后，母亲对我们的监督愈加严了。她什么事情都要按着时候，甚至是早起、晚睡和三餐的时间。

二十几年前，父亲从外面带了一架时钟给母亲；一尺多高，上圆下方，黑紫色的木框，厚玻璃面，白底黑字的计时盘，盘的中央和边缘镶着金漆的圆圈，底下垂着金漆的钟摆，钉着金漆的铃子，铃子后面的木框上贴着彩色的图画——是一架堂皇而且美丽的时钟。那时这样的时钟在乡里很不容易见到；不但我和姊姊觉得非常稀奇，就连母亲也特别喜欢它。

她最先把那时钟摆在床头的小橱上，只允许我们远望，不许我们走近去玩弄。我们爱看那钟摆的晃摇和长针的移动，常常望着望着忘记了读书和绣花。于是母亲搬了一个座位，用她的身子挡住了我们的视线，说：

“这是听的，不是看的呀！等一会又要敲了，你们知道呆看了多少时候吗？”

我们喜欢听时钟的敲声，常常问母亲：

“还不敲吗，妈？你叫它早点敲吧！”

但是母亲望了一望我们的书本和花绷，冷淡地回答说：

“到了时候，它自己会敲的。”

钟摆不但自己会动，还会嘚嘚地响下去，我们常常低低地念着它的次数；但母亲一看见我们嘴唇的嗡动，就生起气来。

“你们发疯了！它一天到晚响着，你们一天到晚不做事情吗？我把它停了，或是把它送给人家去，免得害你们吧！……”

但她虽然这样说，却并没把它停下，也没把它送给人家。她自己也常常去看那钟点，天天把它揩得干干净净。

“走路轻一点！不准跳！”她几次对我们说，“震动得厉害，它会停止的。”

真的，母亲自从有了这架时钟以后，她自己的举动更加轻声了。她到小橱上去拿别的东西的时候，几乎忍住了呼吸。

这架时钟开足后可以走上一个星期。不知母亲是怎样记得的。每次总在第七天的早晨不待它停止，就去开足了发条。和时钟一道，父亲带回家来的，还有一个小小的日晷。一遇到天气好太阳大，母亲就在将到正午的时候，把它放在后院子的水缸盖上。她不会看别的时候，只知道等待那红线的影子直了，就把时钟纠正为十二点。随后她收了那日晷，把它放在时钟的玻璃门内。我们也喜欢那日晷，因为它里面有一颗指南针，跳动得怪好看。但母亲连这个也不许我们玩弄。

“不是玩的！”她说，“太阳立刻就下山了，还不赶快做你们的事吗？……”

这在我们简直是件苦恼的事情。自从有了时钟以后，母亲对我们的监督愈加严了。她什么事情都要按着时候，甚至是早起、晚睡和三餐的时间。

冬天的日子特别短，天亮得迟黑得早。母亲虽然把我们睡眠的时间略略改动了些，但她自己总是照着平时的时间。大冷天，天还未亮，她就起来了。她把早饭煮好，房子收拾干净，拿着火炉来给我们烘衣服，催我们起床的时候，天才发亮，而我们也正睡得舒服，怕从被窝里钻出来。

“立刻要开饭了，不起来没有饭吃！”

她说完话就去预备碗筷。等我们穿好衣服，脸未洗完，她已经把饭菜摆在桌上。倘若我们不起来，她是绝不等待我们的，从此要一直饿到中午，而且她半天也不理睬我们。

每次当她对我们说几点钟的时候，我们几乎都起了恐惧，因为她把我们的一切都用时间来限制，不准我们拖延。我们本来喜欢那架时钟的，以后却渐渐对它憎恶起来了。

“停了也好，坏了也好！”我们常常私自说。

但是它从来不停，也从来不坏。而且过了两三年，我们家里又加了一架时钟了。

那是我们嫂嫂的嫁妆。它比母亲的那一架更时新，更美观，声音也更好听。它不用铃子，用的钢条圈，敲起来声音洪亮而且余音不绝。

我们喜欢这一架，因为它还有两个特点：比母亲的一架走得慢，常常走不到一星期就停了下来。

但母亲却喜欢旧的一架。她把新的放在门边的琴桌上，把揩抹和开发条的事情派给了姊姊。她屡次看时刻都走到自己的床边望那架旧的。

“你喜欢这一架，”母亲对姊姊说，“将来就给你做嫁妆吧。当然，这一架样子新，也值钱些。”

我想姊姊当时听了这话应该是高兴的。但我心里却很不快活。我不希望母亲永久有一架那样准确而耐用的时钟。

那时钟，到得后来几乎代替了母亲的命令了。母亲不说话，它也就下起命令来。我们正睡得熟，它叮叮地叫着逼迫我们起床了；我们正玩得高兴，它叮叮地叫着，逼迫我们睡觉了；我们肚子不饿，它却叫我们吃饭；肚子饿了，它又不叫我们吃饭……

我们喜欢的是要快就快，要慢就慢，要走就走，要停就停的时钟。

姊姊虽然有幸，将得到一架那样的时钟，但在出嫁前两三个月，母亲忽然要把它修理了。

“好看只管好看，乱时辰是不行的，”她对姊姊说，“你去做媳妇，比不得在家里做女儿，可以糊里糊涂，自由自在呀。”

不知怎样，她竟打听出来了一个会修时钟的人，把他从远处请到家里，将那架新的拆开来，加了油，旋紧了某一个螺丝钉，弄了大半天。母亲请他吃了一顿饭，还用船送他回去。

于是姊姊的那架时钟果然非常准确了，几乎和母亲的一模一样。这在她是祸是福，我不知道。只记得她以后不再埋怨时钟，而且每次回到家里来，常常替代母亲把那架旧的用日晷来对准；同时她也已变得和母亲一样，一切都按照着一定的时间了。

我呢，自从第一次离开故乡后，也就认识了时钟的价值，知道了它对于人生的重大的意义，早已把憎恶它的心思一变而为喜爱的了。因为大的时钟不合用，我曾经买过许多挂表，既便于携带，式样又美观，价钱又便宜。

我记得第一次回家随身带着的是一只新出的夜明表，喜欢得连半夜醒来也要把它从枕头下拿来观看一番的。

“你看吧，妈，我这只表比你那架旧钟有用得多了，”我说着把它放在母亲的衣下。“黑角里也看得见，半夜里也看得见呢！”

但是母亲却并不喜欢。她冷淡地回答说：

“好玩罢了，并且是哑的。要看谁走得准、走得久呀。”

我本来是不喜欢那架旧钟的，现在给她这么一说，我愈加发现它的缺点了：式样既古旧、携带又不便利，而且摆置得不平稳或者稍受震动就会停止；到了夜里，睡得正甜蜜的时候，有时它叮叮敲着把人惊醒了过来，反之，醒着想知道是什么时候，却须静候到一个钟头才能听到它的报告。然而母亲却看不起我的新置的完美的挂表，重视着那架不合用的旧钟。这真使我对它发生更不快的感觉。

幸而母亲对我的态度却改变了。她现在像把我当作了客人似的，每天早晨并不催我起床，也并不自己先吃饭，总是等待着我，一直到饭菜冷了再热过一遍。她自己是仍按着时间早起，按着时间煮饭的，但她不再命令我依从她了。

“总要早起早睡，”她偶然也在无意中提醒我，而态度却是和婉的。

然而我始终不能依从她的愿望。我的习惯一年比一年坏了：起来得愈迟，睡得也愈迟，一切事情都漫无定时。我先后买过许多表，的确都是不准确的，也不耐久的；到得后来，索性连这一类表也没用处了。

但母亲却依然保留着她那架旧钟：屋子被火烧掉了，她抢出了那架旧钟，几次移居到上海，她都带着那架旧钟。

“给你买一架新的吧，不必带到上海去。”我说。母亲摇一摇头：

“你们用新的吧，我还是要这架用惯了的。”

到了上海，她首先拿出那架旧钟来，摆在自己的房里，仍是自己管理它。

它和海关的钟差不多准确，也不需要修理添油。只是外面的样子渐渐老了：白底黑字的计时盘这里那里起了斑疤，金漆也一块块地剥落了。

至于母亲，自从父亲去世后也就得了病，愈加老得快，消瘦下来，没有精力做事情。

“吃现成饭了，”她说，“一切由你们吧。”

她把家里的事情全交给了我和妻，常常躺在床上睡觉。

但是她早起的习惯没有改。天才一亮，她就起床了。她很容易饿，我们吃饭的时间就不得不和她分了开来。常常我们才吃过早饭，她就要吃中饭。她起初也等待我们，劝我们，日子久了，她知道没办法，便径自先吃了。

“一天到晚，只看见开饭，”她不高兴的时候，说，“我还是住在乡下好，这里看不惯！”

真的，她现在不常埋怨我们，可是一切都使她看不惯，她说要住到乡下去，立刻就要走的，怎样也留她不住。

“乡下冷清清的没有亲人。”我说。

“住惯了的。”

“把你顶喜欢的子孙带去吧。”

但是她不要。她只带着她那架旧钟回去。第二次再来上海时，仍带着那架旧钟。第三次，第四次……都是一样。

去年秋季，母亲最后一次离开了她所深爱的故乡。她自知身体衰弱到了极度，临行前对人家说：

“我怕不能再回来了。上海过老，也好的，全家在眼前……”

这一次她的行李很简单：一箱子的寿衣、一架时钟。到得上海，她又把那时钟放在她自己的房里。

果然从那时起，她起床的时候愈加少了，几乎一天到晚都躺在床上，而且不常醒来。只有天亮和三餐的时间，她还是按时地醒了过来。天气渐渐冷下来，母亲的病也渐渐沉重起来，不能再按时去开那架时钟，于是管理它的责任便到了我们的手里。但我们没有这习惯，常常忘记去开它，等到母亲说了几次钟停了，我们才去开足它的发条，而又因为没有别的时钟，常常无法纠正它，使它准确。

“要在一定时候开它，”母亲告诉我们说，“停久了，就会坏的，你们且搬它到自己的房里去吧，时时看见它就不会忘记了。”

我们依从母亲的话，便把她的时钟搬到了楼上房间里。几个月来，它也很少停止，因为一听到它的敲声的缓慢无力，我们便预先去开足了发条。

但是在母亲去世前的一个月里，我们忽然发现母亲的时钟异样了：明明是才开足两三天，敲声也急促有力，却在我们不注意中停止了。我们起初怀疑没放得平稳，随后以为是孩子们奔跳所震动，可是都不能证实。

不久，姐姐从故乡来了。她听到时钟的变化，便失了色，绝望地摇一摇头，说：

“妈的病不会好了，这是个不吉利的预兆……”

“迷信！”我立刻截断了她的话。

过了几天，我忽然发现时钟又停止了。是在夜里三点钟。早晨我到楼下去看母亲，听见她说话的声音特别低了，问她话老是无力回答。到了下半天，我们都在她床边侍候着，她昏昏沉沉地睡着，很少醒来。我们喊了许久，问她要不要喝水，她微微摇一摇头，非常低声地说：

“不要喊我……”

我们知道她醒来后是感到身体的痛苦的，也就依从着她的话，让她安睡着。这样一直到深夜，我们看见她低声哼着，想转身却转不过来，便喂了她一点点汤水，问她怎样。

“比上半夜难过……”她低声回答我们。

我觉得奇怪，怀疑她昏迷了。我想，现在不就是上半夜吗，她怎么当作了下半夜呢？我连忙走到楼上，却又不禁惊讶起来：

原来母亲的时钟已经过了一点钟了。

我不明白，母亲是怎样听见楼上的钟声的。楼下的房子既高，楼板又有二层。自从她的时钟搬到楼上后，她曾好几次问过我们钟点。前后左右的房子空的很多，贴邻的一家，平常又没听见有钟声。附近又没有报时的鸡啼。这一夜母亲的房子里又相当不静寂，姐姐在念经、女工在吹折锡箔，间而夹杂着我们的低语声、走动声。母亲怎样知道现在到了下半夜呢？

是母亲没有忘记时钟吗？是时钟永久跟随着母亲呢？我想问母亲，但是母亲不再说话了。一点多钟以后她闭上了眼睛，正是头一天时钟自动地静默下来的那个时候。

失却了一位这样的主人，那架古旧的时钟怕是早已感觉到存在的悲苦了吧？唉……

恐　怖

石评梅

谈到父亲，七十多年的岁月，也是和我一样颠沛流离，忧患丛生，痛苦大过于幸福。

父亲的生命是秋深了。如一片黄叶系在树梢。十年，五年，三年以后，明天或许就在今晚都说不定。因之，无论大家怎样欢欣团聚的时候，一种可怕的暗影，或悄悄飞到我们眼前。就是父亲在欢喜时，也会忽然地感叹起来！尤其是我，脆弱的神经，有时想得很久远很恐怖。父亲在我家里是和平之神。假如他有一天离开人间，那我和母亲就沉沦在更深的苦痛中了。维持我今日家庭的绳索是父亲，绳索断了，那自然是一个莫测高深的陨坠了。

逆料多少年大家庭中压伏的积怨，总会爆发的。这爆发后毁灭一切的火星落下时，怕懦弱的母亲不能逃免！我爱护她，自然受同样的创缚，处同样的命运是毋庸疑议了。

那时人们一切的矫饰虚伪，都会褪落的；心底的刺也许就变成弦上的箭了。

多少隐恨说不出在心头。每年归来，深夜人

静后，母亲在我枕畔偷偷流泪！我无力挽回她过去铸错的命运，只有精神上同受这无期的刑罚。有时我虽离开母亲，凄冷风雨之夜，灯残梦醒之时，耳中犹仿佛听见枕畔有母亲滴泪的声音。不过我还很欣慰父亲的健在，一切都能给她做防御的盾牌。

谈到父亲，七十多年的岁月，也是和我一样颠沛流离，忧患丛生，痛苦大过于幸福。

每次和我们谈到他少年事，总是残泪沾襟不忍重提。这是我的罪戾呵！不能用自己柔软的双手，替父亲抚摸去这苦痛的瘢痕。

我自然是萍踪浪迹，不易归来；但有时交通阻碍也从中作梗。这次回来后，父亲很想趁我在面前，预嘱他死后的诸事，不过每次都是泪眼模糊，断续不能尽其辞。有一次提到他墓穴的建修，愿意让我陪他去看看工程，我低头咽着泪答应了。

那天夜里，母亲派人将父亲的轿子预备好，我和曾任监工的族叔蔚文同着去，打算骑了姑母家的驴子。

翌晨十点钟出发：母亲和芬嫂都嘱咐我好好招呼着父亲，怕他见了自己的坟穴难过；我也不知该怎样安慰防备着，只觉心中感到万分惨痛。一路很艰险，经过都是些崎岖山径；同样是青青山色，潺潺流水，但每人心中都压抑着一种凄怆，虽然是旭日如烘，万象鲜明，而我只觉前途是笼罩一层神秘恐怖黑幕，这黑幕便是旅途的终点，父亲是一步一步走近这伟大无涯的黑幕了。

在一个高堑如削的山峰前停住，父亲的轿子落在平地。我慌忙下了驴子向前扶着，觉着他身体有点颤抖，步履也很软弱，我让他坐在崖石上休息一会。这真是一个风景幽美的地方，后面是连亘不断的峰峦，前面是青翠一片麦田；山峰下隐约林中有炊烟，有鸡唱犬吠的声音。父亲指着说：

“那一带村庄是红叶沟，我的祖父隐居在这高塔的庙里，那庙叫华严寺，有一股温泉，流汇到这庙后的崖下。土人传说这泉水可以治眼病呢！我小时候随着祖父，在这里读书；已经有三十多年不来了，人事过得真快呵！不觉得我也这样老了。”父亲仰头叹息着。

蔚叔领导着进了那摩云参天的松林，苍绿阴森的荫影下，现出无数冢墓，矗立着倒斜着风雨剥蚀的断碣残碑。地上丛生了许多草花，红的黄的紫的夹杂着十分好看。蔚叔回转进一带白杨，我和父亲慢步徐行，阵阵风吹，声声蝉鸣，都显得惨淡空寂，静默如死。

蔚叔站住了，面前堆满了磨新的青石和沙屑，那旁边就是一个深的洞穴，这就是将来掩埋父亲尸体的坟墓。我小心看着父亲，他神色显得异样惨淡，银须白发中，包掩着无限的伤痛。

一阵风吹起父亲的袍角，银须也缓缓飘拂到左襟；白杨树上叶子摩擦的声音，如幽咽泣诉，令人酸梗，这时他颤巍巍扶着我来到墓穴前站定。

父亲很仔细周详地在墓穴四周看了一遍，觉得很如意。蔚叔又和他筹划墓头的式样，他还能掩饰住悲痛说：

“外面的式样坚固些就成啦；不要太讲究了，靡费金钱。只要里面干燥光滑一点，棺木不受伤就可以了。”

回头又向我说：

“这些事情原不必要我自己做，不过你和璜哥，整年都在外面；我老了，无可讳言是快到坟墓去了。在家也无事，不愁穿，不愁吃，有时就愁到我最后的安置。棺木已扎好了，里子也裱漆完了。衣服呢，我不愿意穿前清的遗服或现在的袍褂。我想走的时候穿一身道袍。璜哥已由汉口给我寄来了一套，鞋帽都有，哪天请母亲找出来你看看。我一生廉洁寒苦，不愿浪费，只求我心身安适就成了。都预备好后，省临时麻烦；不然你们如果因事忙因道阻不能回来时，不是要焦急吗？我愿能悄悄地走了，不要给你们灵魂上感到悲伤。生如寄，死如归，本不必认真呵！”

我低头不语，怕他难过，偷偷把泪咽下去。等蔚叔扶父亲上了轿后，我才取出手绢揩泪。

临去时我向松林群冢望了一眼，再来时怕已是一个梦醒后。

跪在洞穴前祷告上帝：愿以我青春火焰，燃烧父亲残弱的光辉！千万不要接引我的慈爱父亲来到这里呵！

这是我第二次感到坟墓的残忍可怕，死是这样伟大的无情。

老海棠树

史铁生

奶奶坐在满树的繁花中，满地的浓荫里，张望复张望，或不断地要我给她说说这一段到底是什么意思。这形象，逐年地定格成我的思念，和我永生的痛悔。

如果可能，如果有一块空地，不论窗前屋后，要是能随我的心愿种点什么，我就种两棵树。一棵合欢，纪念母亲。一棵海棠，纪念我的奶奶。

奶奶，和一棵老海棠树，在我的记忆里不能分开，好像她们从来就在一起，奶奶一生一世都在那棵老海棠树的影子里张望。

老海棠树近房高的地方，有两条粗壮的枝丫，弯曲如一把躺椅，小时候我常爬上去，一天天地就在那儿玩。奶奶在树下喊："下来，下来吧，你就这么一天到晚待在上头不下来了？"是的，我在那儿看小人书，用弹弓向四处射击，甚至在那儿写作业，书包挂在房檐上。"饭也在上头吃吗？"对，在上头吃。奶奶把盛好的饭菜举过头顶，我两腿攀紧树丫，一个海底捞月把碗筷接上来。"觉呢，也在上头睡？"没错。四周是花香，是蜂鸣，春风拂面，是沾衣不染海棠的花雨。奶奶站在地上，站在屋前，老海棠树下，望着我。她必是羡慕，猜我在上头是什么感觉，都能看见什么？

但她只是望着我吗？她常独自呆愣，目光渐渐迷茫，渐渐空荒，透过老海棠树浓密的枝叶，不知所望。

春天，老海棠树摇动满树繁花，摇落一地雪似的花瓣。我记得奶奶坐在树下糊纸袋，不时地冲我叨唠："就不说下来帮帮我？你那小手儿糊得多快！"我在树上东一句西一句地唱歌。奶奶又说："我求过你吗？这回活儿紧！"我说："我爸我妈根本就不想让您糊那破玩意儿，是您自己非要这么累！"奶奶于是不再吭声，直起腰，喘口气，这当儿就又呆呆地张望——从粉白的花间，一直到无限的天空。

或者夏天，老海棠树枝繁叶茂，奶奶坐在树下的浓荫里，又不知从哪里找来了补花的活儿，戴着老花镜，埋头于床单或被罩，一针一线地缝。天色暗下来时她冲我喊："你就不能劳驾去洗洗菜？没见我忙不过来吗？"我跳下树，洗菜，胡乱一洗了事。奶奶生气了："你们上班上学也这么糊弄？"奶奶把手里的活儿推开，一边重新洗菜一边说："我就一辈子得给你们做饭？就不能有我自己的工作？"这回是我不再吭声。奶奶洗好菜，重新捡起针线，从老花镜上缘抬起目光，又会有一阵子愣愣的张望。

有年秋天，老海棠树照旧果实累累，落叶纷纷。早晨，天还昏暗，奶奶就起来去扫院子，刷啦——刷啦——院子里的人都还在梦中。那时我大些了，正在插队，从陕北回来看她。那时奶奶一个人在北京，爸和妈都去了干校。那时奶奶已经腰弯背驼。刷啦刷啦的声音把我惊醒，赶紧跑出去："您歇着吧我来，保证用不了3分钟。”可这回奶奶不要我帮。“咳，你呀！你还不懂吗？我得劳动。”我说：“可谁能看得见？”奶奶说：“不能那样，人家看不看得见是人家的事，我得自觉。”她扫完了院子又去扫街。“我跟您一块儿扫行不？”“不行。”

这样我才明白，曾经她为什么执意要糊纸袋，要补花，不让自己闲着。有爸和妈养活她，她不是为挣钱，她为的是劳动。她的成分随了爷爷算地主。虽然我那个地主爷爷三十几岁就一命归天，是奶奶自己带着儿子苦熬过几十年，但人家说什么？人家说：“可你还是吃了那么多年的剥削饭！”这话让她无地自容。这话让她独自愁叹。这话让她几十年的苦熬忽然间变成屈辱。她要补偿这罪孽。她要用行动证明。证明什么呢？她想着她未必不能有一天自食其力。奶奶的心思我有点懂了：什么时候她才能像爸和妈那样，有一份名正言顺的工作呢？大概这就是她的张望吧，就是那老海棠树下屡屡的迷茫与空荒。不过，这张望或许还要更远大些——她说过：得跟上时代。

所以冬天，所有的冬天，在我的记忆里，几乎每一个冬天的晚上，奶奶都在灯下学习。窗外，风中，老海棠树枯干的枝条敲打着屋檐，磨擦着窗棂。奶奶曾经读一本《扫盲识字课本》，再后是一字一句地念报纸上的头版新闻。在《奶奶的星星》里我写过：她学《国歌》一课时，把“吼声”念成“孔声”。我写过我最不能原谅自己的一件事：奶奶举着一张报纸，小心地凑到我跟前，“这一段，你给我说说，到底什么意思？”我看也不看就回答：“您学那玩意儿有用吗？您以为把那些东西看懂，您就真能摘掉什么帽子？”奶奶立刻不语，唯低头盯着那张报纸，半天半天目光都不移动。我的心一下子收紧，但知已无法弥补。“奶奶。”“奶奶！”“奶奶——”我记得她终于抬起头时，眼里竟全是惭愧，毫无对我的责备。

但在我的印象里，奶奶的目光慢慢地离开那张报纸，离开灯光，离开我，在窗上老海棠树的影子那儿停留一下，继续离开，离开一切声响甚至一切有形，飘进黑夜，飘过星光，飘向无可慰藉的迷茫与空荒……而在我的梦里，我的祈祷中，老海棠树也便随之轰然飘去，跟随着奶奶，陪伴着她，围拢着她。奶奶坐在满树的繁花中，满地的浓荫里，张望复张望，或不断地要我给她说说：“这一段到底是什么意思？”——这形象，逐年地定格成我的思念，和我永生的痛悔。

合 欢 树

史铁生

有一天那个孩子长大了，会想起童年的事，会想起那些晃动的树影儿，会想起他自己的妈妈。他会跑去看看那棵树。但他不会知道那棵树是谁种的，是怎么种的。

十岁那年，我在一次作文比赛中得了第一。母亲那时候还年轻，急着跟我说她自己，说她小时候的作文作得还要好，老师甚至不相信那么好的文章会是她写的。“老师找到家来问，是不是家里的大人帮了忙。我那时可能还不到十岁呢。”我听得扫兴，故意笑：“可能？什么叫可能还不到？”她就解释。我装作根本不再注意她的话，对着墙打乒乓球，把她气得够呛。不过我承认她聪明，承认她是世界上长得最好看的女的。她正给自己做一条蓝底白花的裙子。

二十岁，我的两条腿残废了。除去给人家画彩蛋，我想我还应该再干点儿别的事，先后改变了几次主意，最后想学写作。母亲那时已不年轻，为了我的腿，她头上开始有了白发。医院已经明确表示，我的病情目前没办法治。母亲的全副心思却还放在给我治病上，到处找大夫，打听偏方，花很多钱。她倒总能找来些稀奇古怪的药，让我吃，让我喝，或者是洗、敷、熏、灸。“别浪费时间啦！根本没用！”我说，我一心只想着写小说，仿佛那东西能把残疾人救出困境。“再试一回，不试你怎么知道有没有用？”她说每一回都虔诚地抱着希望。然而对我的腿，有多少回希望就有多少回失望。最后一回，我的胯上被熏成烫伤。医院的大夫说，这实在太悬了，对于瘫痪病人，这差不多是要命的事。我倒没太害怕，心想死了也好，死了倒痛快。母亲惊惶了几个月，昼夜守着我，一换药就说：“怎么会烫了呢？我还直留神呀？”幸亏伤口好起来，不然她非疯了不可。

后来她发现我在写小说。她跟我说：“那就好好写吧。”我听出来，她对治好我的腿也终于绝望。“我年轻的时候也最喜欢文学。”她说。“跟你现在差不多大的时候，我也想过搞写作，”她说。“你小时候的作文不是得过第一？”她提醒我说。我们俩都尽力把我的腿忘掉。她到处去给我借书，顶着雨或冒了雪推我去看电影，像过去给我找大夫，打听偏方那样，抱了希望。

三十岁时，我的第一篇小说发表了，母亲却已不在人世。过了几年，我的另一篇小说又侥幸获奖，母亲已经离开我整整七年。

获奖之后，登门采访的记者就多，大家都好心好意，认为我不容易。但是我只准备了一套话，说来说去就觉得心烦。我摇着车躲出去。坐在小公园安静的树林里，我闭上眼睛，想：上帝为什么早早地召母亲回去呢？很久很久，迷迷糊糊地，我听见回答：“她心里太苦了。上帝看她受不住了，就召她回去。”我似乎得到一点儿安慰，睁开眼睛，看见风正从树林里穿过。

我摇车离开那儿，在街上瞎逛，不想回家。

母亲去世后，我们搬了家。我很少再到母亲住过的那个小院儿去。小院儿在一个大院儿的尽里头，我偶尔摇车到大院儿去坐坐，但不愿意去那个小院儿，推说手摇车进去不方便。院儿里的老太太们还都把我当儿孙看，尤其想到我又没了母亲，但都不说，光扯些闲话，怪我不常去。我坐在院子当中，喝东家的茶，吃西家的瓜。有一年，人们终于又提到母亲："到小院儿去看看吧，你妈种的那棵合欢树今年开花了！"我心里一阵抖，还是推说手摇车进出太不易。大伙儿就不再说，忙扯些别的，说起我们原来住的房子里现在住了小两口，女的刚生了个儿子，孩子不哭不闹，光是瞪着眼睛看窗户上的树影儿。

我没料到那棵树还活着。那年，母亲到劳动局去给我找工作，回来时在路边挖了一棵刚出土的"含羞草"，以为是含羞草，种在花盆里长，竟是一棵合欢树。母亲从来喜欢那些东西，但当时心思全在别处。第二年合欢树没有发芽，母亲叹息了一回，还不舍得扔掉，依然让它长在瓦盆里。第三年，合欢树却又长出叶子，而且茂盛了。母亲高兴了很多天，以为那是个好兆头，常去侍弄它，不敢再大意。又过一年，她把合欢树移出盆，栽在窗前的地上，有时念叨，不知道这种树几年才开花。再过一年，我们搬了家。悲痛弄得我们都把那棵小树忘记了。

与其在街上瞎逛，我想，不如就去看看那棵树吧。我也想再看看母亲住过的那间房。我老记着，那儿还有个刚来到世上的孩子，不哭不闹，瞪着眼睛看树影儿。是那棵合欢树的影子吗？小院儿里只有那棵树。

院儿里的老太太们还是那么欢迎我，东屋倒茶，西屋点烟，送到我眼前。大伙都不知道我获奖的事，也许知道，但不觉得那很重要；还是都问我的腿，问我是否有了正式工作。这回，想摇车进小院儿真是不能了。家家门前的小厨房都扩大，过道窄到一个人推自行车进出也要侧身。我问起那棵合欢树。大伙说，年年都开花，长到房高了。这么说，我再看不见它了。我要是求人背我去看，倒也不是不行。我挺后悔前两年没有自己摇车进去看看。

我摇着车在街上慢慢走，不急着回家。人有时候只想独自静静地待一会。悲伤也成享受。

有一天那个孩子长大了，会想起童年的事，会想起那些晃动的树影儿，会想起他自己的妈妈。他会跑去看看那棵树。但他不会知道那棵树是谁种的，是怎么种的。

背　影

朱自清

他待我渐渐不同往日。但最近两年不见，他终于忘却我的不好，只是惦记着我，惦记着我的儿子。

我与父亲不相见已二年余了，我最不能忘记的是他的背影。

那年冬天，祖母死了，父亲的差使也交卸了，正是祸不单行的日子。我从北京到徐州，打算跟着父亲奔丧回家。到徐州见着父亲，看见满院狼藉的东西，又想起祖母，不禁簌簌地流下眼泪。父亲说：“事已如此，不必难过，好在天无绝人之路！”

回家变卖典质，父亲还了亏空；又借钱办了丧事。这些日子，家中光景很是惨淡，一半为了丧事，一半为了父亲赋闲。丧事完毕，父亲要到南京谋事，我也要回北京念书，我们便同行。

到南京时，有朋友约去游逛，勾留了一日；第二日上午便须渡江到浦口，下午上车北去。父亲因为事忙，本已说定不送我，叫旅馆里一个熟识的茶房陪我同去。他再三嘱咐茶房，甚是仔细。但他终于不放心，怕茶房不妥帖；颇踌躇了一会。其实我那年已二十岁，北京已来往过两三次，是没有什么要紧的了。他踌躇了一会，终于决定还是自己送我去。我再三劝他不必去，他只说：“不要紧，他们去不好！”

我们过了江，进了车站。我买票，他忙着照看行李。行李太多了，得向脚夫行些小费才可过去。他便又忙着和他们讲价钱。我那时真是聪明过分，总觉他说话不大漂亮，非自己插嘴不可，但他终于讲定了价钱；就送我上车。他给我拣定了靠车门的一张椅子；我将他给我做的紫毛大衣铺好座位。他嘱我路上小心，夜里要警醒些，不要受凉。又嘱托茶房好好照应我。我心里暗笑他的迂；他们只认得钱，托他们只是白托！而且我这样大年纪的人，难道还不能料理自己么？唉，我现在想想，那时真是太聪明了！

我说道：“爸爸，你走吧。”他往车外看了看说：“我买几个橘子去。你就在此地，不要走动。”我看那边月台的栅栏外有几个卖东西的等着顾客。走到那边月台，须穿过铁道，须跳下去又爬上去。父亲是一个胖子，走过去自然要费事些。我本来要去的，他不肯，只好让他去。我看见他戴着黑布小帽，穿着黑布大马褂，深青布棉袍，蹒跚地走到铁道边，慢慢探身下去，尚不大难。可是他穿过铁道，要爬上那边月台，就不容易了。他用两手攀着上面，两脚再向上缩；他肥胖的身子向左微倾，显出努力的样子，这时我看见他的背影，我的泪很快地流下来了。我赶紧拭干了泪。怕他看见，也怕别人看见。我再向外看时，他已抱了朱红的橘子往回走了。过铁道时，他先将橘子散放在地上，自己慢慢爬下，再抱起橘子走。到这边时，我赶紧去搀他。他和我走到车上，将橘子一股脑儿放在我的皮大衣上。于是扑扑衣上的泥土，心里很轻松似的。过一会说："我走了，到那边来信！"我望着他走出去。他走了几步，回过头看见我，说："进去吧，里边没人。"等他的背影混入来来往往的人里，再找不着了，我便进来坐下，我的眼泪又来了。

近几年来，父亲和我都是东奔西走，家中光景是一日不如一日。他少年出外谋生，独立支持，做了许多大事。哪知老境却如此颓唐！他触目伤怀，自然情不能自已。情郁于中，自然要发之于外；家庭琐屑便往往触他之怒。他待我渐渐不同往日。但最近两年不见，他终于忘却我的不好，只是惦记着我，惦记着我的儿子。我北来后，他写了一信给我，信中说道："我身体平安，唯膀子疼痛厉害，举箸提笔，诸多不便，大约大去之期不远矣。"我读到此处，在晶莹的泪光中，又看见那肥胖的、青布棉袍黑布马褂的背影。唉！我不知何时再能与他相见！

我们相爱一生，

一生还是太短。

致张兆和

沈从文

我爱这悠长的旅途，可以从容地想你。

三三：

我的小船已泊到曾家河。在几百只大船中间这只船真是个小物件。我已吃过了夜饭，吃的是辣子、大蒜、豆腐干。我把好菜同水手交换素菜，交换后真是两得其利。我饭吃得很好。吃过了饭，我把前舱缝隙用纸张布片塞好，再把后舱用被单张开，当成幔子一挂，且用小刀将各个通风处皆用布片去扎好，结果我便有了间“单独卧房”了。

你只瞧我这信上的字写得如何整齐，就可知船上做事如何方便了。我这时倚在枕头旁告你一切，一面写字，一面听到小表嘀嘀嗒嗒，且听到隔船有人说话，岸上则有狗叫着。我心中很快乐，因为我能够安静同你来说话！

说到“快乐”时我又有点不足了，因为一切纵妙不可言，缺少个你，还不成的！我要你，要你同我两人来到这小船上，才有意思！

我感觉得到，我的船是在轻轻地、轻轻地在摇动。这正同摇篮一样，把人摇得安眠，梦也十分和平。我不想就睡。我应当痴痴地坐在这小船舱中，且温习你给我的一切好处。三三，这时节还只七点三十分，说不定你们还刚吃饭！

我除了夸奖这条河水以外真似乎无话可说了。你来吧，梦里尽管来吧！我先不是说冷吗？放心，我不冷的。我把那头用布拦好后，已很暖和了。这种房子真是理想的房子，这种空气真是标准空气。可惜得很，你不来同我在一处！

我想睡到来想你，故写完这张纸后就不再写了。我相信你从这纸上也可以听到一种摇橹人歌声的，因为这张纸差不多浸透了好听的歌声！

你不要为我难过，我在路上除了想你以外，别的事皆不难过的。我们既然离开了，我这点难过处实在是应当的、不足怜悯的。

二哥

一月十三下八时

三三：

天气还早得很，水手就泊了船，水面歌声虽美丽得很，我可不能尽听点歌声就不寂寞！我心中不自在。我想来好好地报告一些消息。从第一页起，你一定还可以收到这种通信四十页。

这时节正是五点廿五分，先前摇橹唱歌的那只大船已泊近了我的船边，只听到许多人骂野话，许多篙子钉在浅水石头上的声音，且有人大嚷大骂。三三，你以为这是“吵架”，是不是？你错了。

别担心，他们不过是在那里“说话”罢了，他们说话就永远得用个粗野字眼儿，遇要紧事情时，还得在每句话前后皆用野话相衬，事情方做得顺手。这种字眼儿的运用，父子中间也免不了。你不要以为这就是野人。他们骂野话，可不做野事。人正派得很！船上规矩严，忌讳多。在船上客人夫妇间若撒了野，还得买肉酬神。水手们若想上岸撒野，也得在拢岸后的。他们过的是节欲生活，真可以说是庄严得很！

船中最美的恐怕应得数麻阳船。大麻阳船有“鳅鱼头”同“五舱子”，装油两千篓，摇橹三十人，掌舵的高据后楼，下滩时真可谓堂皇之至！我就坐过这样大船一次，还有床同玻璃窗，各处皆是光溜溜的。十四年后这船还使我神往。其次是小船，就是我如今坐的“桃源划子”。但我不幸得很，遇到几个懒人。我对他们无办法。我看情形到家中必需十天，这数目加上从北平到桃源的四天，一共就是十四天，下行也许可以希望少两天，但因此一来，我至多也只能在家中住四天了。我运气坏，遇到这种小船真说不出口。看到他们早早地停泊，我竟不知怎么办。照规矩他们又可以自由停泊的，他们可以从各样事情上找机会，说出不能开动的理由。我呢，也觉得天气太冷，不忍要他们在水中受折磨。可是旁人少受些折磨，我就多受些折磨，你说我怎么办？

我先以为我是个受得了寂寞的人，现在方明白我们自从在一处后，我就变成一个不能够同你离开的人了……三三，想起你我就忍受不了目前的一切了。我真像从前等你回信、不得回信时的神气。我想打东西，骂粗话，让冷风吹冻自己全身。我明白我同你离开越远也反而越相近。但不成，我得同你在一处，这心才能安静，事也才能做好！我试过如何来利用这长长的日子写篇小说，思想很乱，无论如何竟写不出什么来。

一月十四下六时

三三：

我的小船已把主要滩水全上完了，这时已到了一个如同一面镜子的潭里。山水秀丽如西湖，日头已出，两岸小山皆浅绿色。到辰州只差十里，故今天到地必很早。我照个相，为一群拉纤人照的。现在太阳正照到我的小船舱中，光景明媚，正同你有些相似处。我因为在外边站久了一点，手已发了木，故写字也不成了。我一定得戴那双手套的，可是这同写信恰好是鱼同熊掌，不能同时得到。我不要熊掌，还是做近于吃鱼的写信吧。这信再过三四点钟就可发出，我高兴得很。记得从前为你寄快信时，那时心情真有说不出的紧处，可怜的是，这已成为过去了。现在我不怕你从我这种信中挑眼儿了，我需要你从这些无头无绪的信上，找出些我不必说的话……

我已快到地了，假若这时节是我们两个人，一同上岸去，一同进街且一同去找人，那多有趣味！我一到地见到了有点亲戚关系的人，他们第一句话，必问及你！我真想凡是有人问到你，就答复他们“在口袋里”！

三三，我因为天气太好了一点，故站在船后舱看了许久水，我心中忽然好像彻悟了一些，同时又好像从这条河中得到了许多智慧。三三，的的确确，得到了许多智慧，不是知识。我轻轻地叹息了好些次。山头夕阳极感动我，水底各色圆石也极感动我，我心中似乎毫无什么渣滓，透明烛照，对河水，对夕阳，对拉船人同船，皆那么爱着，十分温暖地爱着！我们平时不是读历史吗？一本历史书除了告我们些另一时代最笨的人相斫相杀以外有些什么？但真的历史却是一条河。从那日夜长流千古不变的水里，石头和沙子，腐了的草木，破烂的船板，使我触着平时我们所疏忽了若干年代若干人类的哀乐！我看到小小渔船，载了它的黑色鸬鹚向下流缓缓划去，看到石滩上拉船人的姿势，我皆异常感动且异常爱他们。我先前一时不还提到过这些人可怜的生、无所为的生吗？不，三三，我错了。这些人不需我们来可怜，我们应当来尊敬来爱。他们那么庄严忠实地生，却在自然上各担负自己那份命运，为自己、为儿女而活下去。不管怎么样活，却从不逃避为了活而应有的一切努力。他们在他们那份习惯生活里、命运里，也依然是哭、笑、吃、喝，对于寒暑的来临，更感觉到这四时交递的严重。三三，我不知为什么，我感动得很！我希望活得长一点，同时把生活完全发展到我自己这份工作上来。我会用我自己的力量，为所谓人生，解释得比任何人皆庄严些与透入些！三三，我看久了水，从水里的石头得到一点平时好像不能得到的东西，对于人生，对于爱憎，仿佛全然与人不同了。我觉得惆怅得很，我总像看得太深太远，对于我自己，便成为受难者了。这时节我软弱得很，因为我爱了世界，爱了人类。三三，倘若我们这时正是两人同在一处，你瞧我眼睛湿到什么样子！

三三，船已到了关上了，我半点钟就会上岸的。今晚上我恐怕无时间写信了，我们当说声再见！三三，请把这信用你那体面温和的眼睛多吻几次！我明天若上行，会把信留到浦市发出的。

二哥

一月十八下午四点半

我是宋清如至上主义者

朱生豪

我愿意舍弃一切，以想念你终此一生。

一

好：

我希望世上有两个宋清如，我爱第一个宋清如，但和第二个宋清如通着信。我并不爱第二个宋清如，我对第二个宋清如所说的话，意中都指着第一个宋清如，但第一个宋清如甚至不知道我的存在。要你知道我爱你，真是太乏味的事，为什么我不从头开始起就保守秘密呢？

为什么我一想起你，你总是那么小，小得可以藏在衣袋里？我伸手向衣袋里一摸，衣袋里果然有一个宋清如，不过她已变成一把小刀（你古时候送给我的）。

我很悲伤，因为知道我们死后将不会在一起，你一定到天上去无疑，我却已把灵魂卖给魔鬼了。不知天堂与地狱之间，许不许通信。

我希望悄悄地看见你，不要让你看见我，因

为你不愿意看见我。

我寂寞，我无聊，都是你不好。要是没有你，我不是可以写写意意地自杀了吗？

想来你近来不曾跌过跤？昨天我听见你大叫一声。假的，骗骗你。

愿你好好好好好好好。

米非士都非勒斯

十三

二

青女：

我不很快乐，因为你不很爱我。但所谓不很快乐者，并不等于不快乐，正如不很爱我不等于不爱我一样。而且，一个人有时是“不很”知道自己的。也许我以为我爱你，其实我并不爱你；也许你以为不很爱我，其实很爱我也说不定，因此这一切不必深究。如果你不接受我的欢喜，你把它丢了也得。我不管。因为如果你把“欢喜”还给我，那即是说，你也得欢喜我。我知道你是不肯怎样很欢喜我的。你以为你很不好也罢，我只以为你是很好的；你以为将来我会不欢喜你也罢，我只以为我会永远欢喜你的。这种话，空口说说不能令人相信，到将来再看吧。我希望我们能倒转活着，先活将来，后活现在。这样，我可以举实在的凭据，打倒你对我的不信任。

我永远不恨你骂你好不好？

不准你问我要不要钱用，因为如果我没钱用而真非用不可的时候，我总有设法处的。要是真没有设法处，我也会自己向你开口的。此刻我尚有钱。

兄弟如有不好之处，务望包涵见谅为荷。

以后，我每天或间一天给信你，你每星期给一次信我，好不好？其实我只要你稍为有点欢喜我，就已心满意足了。我相信你终不至于全然不喜欢我，有时你说起话来带着——不说了。

我发疯似的祝你好！

丑小鸭

三

昨天上午安乐园冰激凌上市，可是下午便变成秋天，风吹得怪凉的。今天上午，简直又变成了冬天了。太容易生毛病，愿你保重。

昨天梦见你、郑天然、郑瑞芬等，像是从前同学时的光景，情形记不清楚，但今天对人生很满意。

我希望你永远待我好，因此我愿意自己努力学好，但如果终于学不好，你会不会原谅我？对自己我是太失望了。

不要愁老之将至，你老了一定很可爱。而且，假如你老了十岁，我当然也同样老了十岁，世界也老了十岁，上帝也老了十岁，一切都是一样。

我愿意舍弃一切，以想念你终此一生。

所有的恋慕。

蚯蚓

九日

四

宋：

心里说不出的恼、难过，真不想你竟这样不了解我。我不知道什么叫作配不配，人间贫富有阶级，地位身份有阶级，才智贤愚有阶级，难道心灵也有阶级吗？我不是漫然把好感给人的人，在校同学的一年，虽然是那样喜欢你，也从不曾想到要爱你像自己生命一般，于今是这样觉得了。我并不要你也爱我，一切都出于自愿，用不到你不安，你当作我是在爱一个幻象也好。就是说爱，你也不用害怕，我是不会把爱情和友谊分得明白的。我说爱，也不过是纯粹的深切的友情，毫没有其他的意思。别离对于我是痛苦，但也不乏相当的安慰，然而我并不希望长久厮守在一起。我是个平凡的人，不像你那么“狂野”，但我厌弃的是平凡的梦。我只愿意凭着这一点灵感的相遇，时时带给彼此以慰藉，“像流星的光辉，照耀我疲倦的梦寐，永远存一个安慰，纵然在离别的时候”。当然能够时时见见面叙叙契阔，是最快活的，但即此也并非十分的必要。如果我有梦，那便是这样的梦；如果我有恋爱观，那便是我的恋爱观；如果问我对于友谊的见解，也只是如此。如果我是真心地喜爱你（不懂得配不配，你配不配被我爱或我配不配爱你），我没有不该待你太好的理由，更懂不得为什么该忘记你。我的快乐即是爱你，我的安慰即是思念你，你愿不愿待我好则非我所愿计及。

愿你好。

朱

廿四

五

阿姐：

不许你再叫我朱先生，否则我要从字典上查出世界上最肉麻的称呼来称呼你。特此警告。

你的来信如同续命汤一样，今天我算是活过来了，但明天我又要死去四分之一，后天又将成为半死半活的状态，再后天死去四分之三，再后天死去八分之七等等，直至你再来信，如果你一直不来信，我也不会完全死完，第六天死去十六分之十五，第七天死去三十二分之三十一，第八天死去六十四分之六十三，如是等等，我的算学好不好？

我不知道你和你的老朋友四年不见面，比之我和你四月不见面哪个更长远一些。

有人想赶译高尔基全集，以做一笔投机生意，要我拉集五六个朋友来动手，我一个都想不出。捧热屁岂不也很无聊？

你会不会翻译？创作有时因无材料或思想枯竭而无从产生，为练习写作起见，翻译是很有助于文字的技术的。假如你的英文不过于糟，不妨自己随便试试。

我不知道世上有没有比我们更没有办法的人？

你前身大概是林和靖的妻子，因为你自命为宋梅。这名字我一点不喜欢，你的名字清如最好了，字面又干净，笔画又疏朗，音节又好，此外的都不好。清如这两个字无论如何写总很好看，像澄字的形状就像个青蛙一样。青树则显出文字学的智识不够，因为如树两字是无论如何不能谐音的。

人们的走路姿势，大可欣赏，有一位先生走起路来身子直僵僵，屁股凸起；有一位先生下脚很重，走一步路全身肉都震动；有一位先生两手反绑，脸孔朝天，皮鞋的历笃落，像是幽灵行走；有一位先生缩颈弯背，像要向前俯跌的样子；有的横冲直撞，有的摇摇摆摆，有的自得其乐；有一位女士歪着头，把身体一扭一扭地扭了过去，似乎不是用脚走的样子。

再谈。

朱

一日

爱　眉

徐志摩

我爱你朴素，不爱你奢华。你穿上一件蓝布袍，你的眉目间就有一种特异的光彩，我看了，心里就觉着不可名状的欢喜。

八月九日

“幸福还不是不可能的”，这是我最近的发现。

今天早上的时刻，过得甜极了。我只要你。有你，我就忘却一切，我什么都不想，什么都不要了，因为我什么都有了。与你在一起没有第三人时，我最乐。坐着谈也好，走道也好，上街买东西也好。厂甸我何尝没有去过，但哪有今天那样的甜法；爱是甘草，这苦的世界有了它就好上口了。眉，你真玲珑，你真活泼，你真像一条小龙。

我爱你朴素，不爱你奢华。你穿上一件蓝布袍，你的眉目间就有一种特异的光彩，我看了，心里就觉着不可名状的欢喜。朴素是真的高贵。你穿戴齐整的时候，当然是好看，但那好看是寻常的，人人都认得的。素服时的眉，有我独到的领略。

“玩人丧德，玩物丧志”，这话确有道理。

我的胸膛并不大，决计装不下整个或是甚至

部分的宇宙。我的心河也不够深，常常有露底的忧愁。我即使小有才，决计不是天生的，我信是勉强来的；所以每回我写什么，多少总是难产，我唯一的靠傍是刹那间的灵通。我不能没有心的平安。眉，只有你能给我心的平安。在你完全的蜜甜的高贵的爱里，你享受无上的心与灵的平安。

凡事开不得头，开了头便有重复，甚至成习惯的倾向。在恋中人，也得提防小漏缝儿，小缝儿会变大窟窿，那就糟了。我见过两相爱的人因为小事情误会斗口，结果只有损失，没有利益。我们家乡俗谚有："一天相骂十八头，夜夜睡在一横头。"意思说，是好夫妻也免不了吵。我可不信，我信合理的生活，动机是爱，知识是南针；爱的生活也不能纯粹靠感情，彼此的了解是不可少的。爱是帮助了解的力，了解是爱的成熟，最高的了解，是灵魂的化合，那是爱的圆满功德。

没有一个灵性不是深奥的，要懂得，真认识一个灵性，是一辈子的工作。这功夫愈下愈有味，像逛山似的，唯恐进得不深。

眉，你今天说想到乡间去过活，我听了顶欢喜，可是你得准备吃苦。总有一天，我引你到一个地方，使你完全转变你的思想与生活的习惯。你这孩子其实是太娇养惯了！我今天想起丹农雪乌的《死的胜利》的结局；但中国人，哪配！眉，你我从今起，对爱的生活负有做到他十全的义务。我们应得努力。眉，你怕死吗？眉，你怕活吗？活比死难得多！眉，老实说，你的生活一天不改变，我一天不得放心。但北京就是阻碍你新生命的一个大原因，因此我不免发愁。

我从前的束缚是完全靠理性解开的；我不信你的就不能用同样的方法。万事只要自己决心；决心与成功间的是最短的距离。

往往一个人最不愿意听的话，是他最应得听的话。

致杨之华

瞿秋白

你的信，是如此之甜蜜，我像饮了醇酒一样，陶醉着。

之华：

今天接到你二月二十四日的信。这封信算是走得很快的了。你的信，是如此之甜蜜，我像饮了醇酒一样，陶醉着。我知道你同着独伊去看《青鸟》，我心上非常之高兴。《青鸟》是梅德林（梅特林克）的剧作，俄国剧院做得很好的。我在这里每星期也有两次电影看，有时也有好片子。不过，从我来到现在，只有一次影片是好的，其余不过是消磨时间罢了。独伊看了《青鸟》一定是非常高兴的。我的之华，你也要高兴的。

之华，我想，如果我不延长在此的休息期，我三月八日就可以到莫斯科。如果我还要延长两星期，那就要到三月二十日。我如何是好呢？我又想快些快些见着你，又想依你的话多休息几星期。我如何呢？之华，体力是大有关系的。我最近几天觉得兴致好些，我要运动，要滑雪，要打乒乓；想着将来的工作计划，想着如何地同你在莫斯科玩耍，如何地帮你读俄文，教你练习汉文。我自己将来想做的工作，我想，是越简单越好，以前总是“贪多少做”。

可是，我的肺病仍然是不大好，最近两天右部的胸膛痛得厉害，医生又叫我用电光照了。

之华，《小说月报》怎么还没寄来，问问云白（瞿秋白的弟弟）看！

之华，独伊如此地和我亲热了，我心上极其欢喜，我欢喜她，想着她的有趣齐整的笑容，这是你制造出来的啊！之华，我每天总是梦着你或是独伊。梦中的你是如此之亲热……哈哈。

要睡了，要再梦见你。

秋白

一九二九年二月二十六日晚

之华：

临走的时候，极想你能送我一站，你竟徘徊着。

海风是如此的飘漾，晴朗的天日照着我俩的离怀。相思的滋味又上心头。六年以来，这是第几次呢？空阔的天穹和碧落的海光，令人深深地了解那“天涯”的意义。海鸥绕着桅樯，像是依恋不舍，其实双双栖宿的海鸥，有着自由的两翅，还羡慕人间的鞅掌。我俩只是少健康，否则，如今正是好时光，像海鸥样的自由，像海天般的空旷，正好准备着我俩的力量，携手上沙场。

之华，我梦里也不能离你的印象。

独伊想起我吗？你一定要将地名留下，我在回来之时，要去看她一趟。下年她要能换一个学校，一定是更好了。

你去那里，尽心地准备着工作，见着娘家的人，多么好的机会。我追着就来，一定是可以同着回来，不像现在这样寂寞。你的病怎样？我只是牵记着。

可惜，这次不能写信，你不能写信。我要你弄一本小书，将你要写的话，写在书上，等我回来看！好不好？

秋白

一九二九年七月十五日

老夫老妻

冯骥才

老头儿见她进来，抬起眼看她一下，跟着又温顺地垂下眼皮。在这眼皮一抬一垂之间，闪出一种羞涩的、发窘的、歉意的目光。

“为我们唱一支暮年的歌儿吧!”

他俩又吵架了。年近七十的老夫老妻，相依为命地共同生活了四十多年，也吵吵打打地一起度过了四十多年。一辈子里，大大小小的架，谁也记不得打了多少次。但是不管打得如何热闹，最多不过两个小时就能恢复和好，好得像从没吵过架一样。他俩仿佛两杯水倒在一起，怎么也分不开。吵架就像在这水面上划道儿，无论划得多深，转眼连条痕迹也不会留下。

可是今天的架打得空前厉害，起因却很平常——就像大多数夫妻日常吵架那样，往往是从不值一提的小事上开始的——不过是老婆儿把晚饭烧好了，老头儿还趴在桌上通烟嘴，弄得纸块呀，碎布条呀，粘着烟油子的纸捻子呀，满桌子都是。老婆儿催他收拾桌子，老头儿偏偏不肯动。老婆儿便像一般老太太们那样叨叨起来。老婆儿们的唠唠叨叨是通向老头儿们肝脏里的导火线，不一会儿就把老头儿的肝火引着了。两人互相顶嘴，翻起对方多年来一系列过失的老账，话愈说愈狠。老婆儿气得上来一把夺去烟嘴塞在自己的衣兜里，惹得老头儿一怒之下，把烟盒扔在地上，还嫌不解气，手一撩，又将烟灰缸子打落地上。老婆儿则更不肯罢休，用那嘶哑、干巴巴的声音说：

“你摔呀！把茶壶也摔了才算有本事呢！”

老头儿听了，竟像海豚那样从座椅上直蹿起来，还真的抓起桌上沏满热茶的大瓷壶，用力叭地摔在地上，老婆儿吓得一声尖叫，看着满地碎瓷片和溅在四处的水渍，直气得她那年老而松垂下来的两颊的肉猛烈抖颤起来，冲着老头大叫：

“离婚！马上离婚！”

这是他俩还都年轻时，每次吵架吵到高潮，她必喊出来的一句话。这句话头几次曾把对方的火气压下去，后来由于总不兑现便失效了；但她还是这么喊，不知是一时为了表示自己盛怒已极，还是迷信这句话最具有威胁性。六十岁以后她就不知不觉地不再喊这句话了。今天又喊出来，可见她已到了怒不可遏的地步。

同样的怒火也在老头儿的心里撞着，就像被斗牛士手中的红布刺激得发狂的牛，在看池里胡闯乱撞。只见他嘴里一边像火车喷气那样不断发出嗤嗤的声音，一边急速而无目的地在屋子中间转着圈。转了两圈，站住，转过身又反方向地转了两圈，然后冲到门口，猛拉开门跑出去，还使劲叭的一声带上门。好似从此一去就再不回来。

老婆儿火气未消，站在原处，面对空空的屋子，还在不住地出声骂他。骂了一阵子，她累了，歪在床上，一种伤心和委屈爬上心头。她想，要不是自己年轻时候得了肠结核那场病，她会有孩子的。有了孩子，她可以同孩子住去，何必跟这愈老愈执拗、愈急躁、愈混账的老东西生气？可是现在只得整天和他在一起，待见他，给他做饭，连饭碗、茶水、烟缸都要送到他跟前，还得看着他对自己要脾气……她想得心里酸不溜秋，几滴老泪从布满一圈细皱的眼眶里溢出来。

过了很长时间，墙上的挂钟当当响起来，已经八点钟了。他们这场架正好打过了两个小时。不知为什么，他们每次打架过后两小时，心情就非常准时地发生变化，好像大自然的节气一进“七九”，封冻河面的冰片就要化开那样。刚刚掀起大波大澜的心情渐渐平息下来，变成浅浅的水纹一般。她耳边又响起刚才打架时自己朝老头儿喊的话：“离婚！马上离婚！”她忽然觉得这话又荒唐又可笑。哪有快七十的老夫老妻还打离婚的？她不禁扑哧一下笑出声来。这一笑，她心里一点皱褶也没了；连一点点怒意、埋怨和委屈的心情也都没了。她开始感到屋里空荡荡的，还有一种如同激战过后的战地那样出奇的安静，静得叫人别扭、空虚、没着没落的。于是，悔意便悄悄浸进她的心中。她想，俩人一辈子什么危险急难的事都经受过来了，像刚才那么点儿小事还值得吵闹么？——她每次吵过架冷静下来时都要想到这句话。可是……老头儿总该回来了；他们以前吵架，他也跑出去过，但总是一个小时左右就悄悄回来了。但现在已经两个小时仍没回来。他又没吃晚饭，会跑到哪儿去呢？外边正下大雪，老头儿没戴帽子、没围围巾就跑了，外边地又滑，瞧他临出门时气冲冲的样子，别不留神滑倒摔坏吧？想到这儿，她竟在屋里待不住了，用手背揉揉泪水干后皱巴巴的眼皮，起身穿上外衣，从门后的挂衣钩儿上摘下老头儿的围巾、棉帽，走出房子去了。

雪下得正紧，积雪没过脚面。她左右看看，便向东边走去。因为每天早上他俩散步就先向东走，绕一圈儿，再从西边慢慢走回家。

夜色并不太暗，雪是夜的对比色，好像有人用一支大笔蘸足了白颜色把所有树枝都复勾一遍，使婆娑的树影在夜幕上白绒绒、远远近近、重重叠叠地显现出来。雪还使路面变厚了，变软了，变美了；在路灯的辉映下，繁密的大片大片的雪花纷纷而落，晶晶莹莹地闪着光，悄无声息地加浓它对世间万物的渲染。它还有种潮湿而又清冽的气息，有种踏上去清晰悦耳的咯吱咯吱声；特别是当湿雪蹭过脸颊时，别有一种又痒、又凉、又舒服的感觉。于是这普普通通、早已看惯了的世界，顷刻变得雄浑、静穆、高洁，充满活鲜鲜的生气了。

她一看这雪景，突然想到她和老头儿的一件遥远的往事。

五十年前，她和他都是不到二十岁的欢蹦乱跳的青年，在同一个大学读书。老头儿那时可是个有魅力、精力又充沛的小伙子，喜欢打排球、唱歌、演戏，在学生中属于“新派”，思想很激进。她不知是因为喜欢他、接近他，自己的思想也变得激进起来，还是由于他俩的思想常常发生共鸣才接近他、喜欢他的。他们在一个学生剧团。她的舞跳得十分出众。每次排戏回家晚些，他都顺路送她回家。他俩一向说得来，渐渐却感到在大庭广众中间有说有笑，在两人回家的路上反而没话可说了。两人默默地走，路显得分外长，只有脚步声，那是一种甜蜜的尴尬呀！

她记得那天也是下着大雪，两人踩着雪走，也是晚上八点来钟，她从多少天对他的种种感觉中，已经又担心又期待地预感到他这天要表示些什么了。在沿着河边的那段宁静的路上，他突然仿佛抑制不住地把她拉到怀里去。她猛地推开他，气得大把大把抓起地上的雪朝他扔去。他呢？竟然像傻子一样一动不动，任她用雪打在身上，直打得他浑身上下像一个雪人。她打着打着，忽然停住了，呆呆看了他片刻，忽然扑向他身上。她感到，他有种火烫般的激情透过身上厚厚的雪传到她身上。他们的恋爱就这样开始了——从一场奇特的战斗开始的。

多少年来，这桩事就像一张画儿那样，分外清楚而又分外美丽地收存在她心底。每逢下雪天，她就不免想起这桩醉心的往事。年轻时，她几乎一见到雪就想到这事；中年之后，她只是偶然想到，并对他提起，他听了都要会意地一笑，随即两人都沉默片刻，好像都在重温旧梦。自从他们步入风烛残年，即使下雪天气也很少再想起这桩事。是不是一生中经历的事太多了，积累起来就过于沉重，把这桩事压在底下拿不出来了？但为什么今天它却一下子又跑到眼前，分外新鲜而又有力地来撞她的心……

现在她老了，与那个时代相隔半个世纪了。时光虽然依旧带着他们往前走，却也把他们的精力消耗得快要枯竭了。她那一双曾经蹦蹦跳跳、多么有劲的腿，如今僵硬而无力；常年的风湿病使她的膝头总往前屈着，雨雪天气里就隐隐发疼；此刻在雪地里，每一步踩下去都是颤巍巍的，每一步抬起来都费力难拔。一不小心，她滑倒了，多亏地上是又厚又软的雪。她把手插进雪里，撑住地面，艰难地爬起来，就在这一瞬间，她又想起另一桩往事——

啊！那时他俩刚刚结婚，一天晚上去平安影院看卓别林的《摩登时代》。他们走进影院时，天空阴沉沉的。散场出来时一片皆白，雪还下着。那时他们正陶醉在新婚的快乐里，内心的幸福使他们把贫穷的日子过得充满诗意。瞧那风里飞舞的雪花，也好像在给他们助兴；满地的白雪如同他们的心境那样纯净明快。他们走着走着，又说又笑，跟着高兴地跑起来。但她脚下一滑，跌在雪地里。他跑过来伸给她一只手，要拉她起来。她却一打他的手：

“去，谁要你来拉！”

她的性格和他一样，有股倔劲儿。

她一跃就站了起来。那时是多么轻快啊，像小鹿一般，而现在她又是多么艰难呀，像衰弱的老马一般。她多么希望身边有一只手，希望老头儿在她身边！虽然老头儿也老而无力了，一只手拉不动她，要用一双手才能把她拉起来。那也好！总比孤孤单单一个人好。她想到楼上邻居李老头，老伴死了。尽管有个女儿，婚后还同他住在一起，但平时女儿、女婿都上班，家里只剩李老头一人；星期天女儿、女婿带着孩子出去玩，家里依旧剩李老头一人——年轻人和老年人总是有距离的。年轻人应该和年轻人在一起玩，老人得有老人为伴。

真幸运呢！她这么老，还有个老伴。四十多年如同形影，紧紧相随。尽管老头儿爱急躁，又固执，不大讲卫生，心也不细，等等，却不失为一个正派人，一辈子没做过一件亏心的、损人利己的、不光彩的事。在那道德沦丧的岁月里，他也没丢弃过自己奉行的做人的原则。他迷恋自己的电气传动专业，不大顾及家里的事。如今年老退休，还不时跑到原先那研究所去问问、看看、说说，好像那里有什么事与他永远也无法了结。她还喜欢老头儿的性格，真正的男子气派，一副直肠子，不懂得与人记仇记恨；粗心不是缺陷，粗线条才使他更富有男子气……她愈想，老头儿似乎就愈可爱了。两小时前能够一样样指出来、几乎无法忍受的老头儿的可恨之处，也不知都跑到哪儿去了。此刻她只担心老头儿雪夜外出，会遇到什么事情。她找不着老头儿，这担心就渐渐加重。如果她的生活里真丢了老头儿，会变成什么样子？多少年来，尽管老头儿夜里如雷一般的鼾声常常把她吵醒，但只要老头儿出差外地，身边没有鼾声，她反而睡不着觉，仿佛世界空了一大半……想到这里，她就有一种马上把老头儿找到身边的急渴的心情。

她在雪地里走了一个多小时，大概快有十点钟了，街上没什么人了，老头儿仍不见，雪却稀稀落落下小了。她两脚在雪里冻得生疼，膝头更疼，步子都迈不动了，只有先回去了，看看老头儿是否已经回家了。

她往家里走。快到家时，她远远看见自己家的灯亮着，灯光射出，有两块橘黄色窗形的光投落在屋外的雪地上。她心里怦的一跳：

“是不是老头儿回来了？”

她又想，是她刚才临出家门时慌慌张张忘记关灯了，还是老头儿回家后打开的灯？

走到家门口，她发现有一串清晰的脚印从西边而来，一直拐向她楼前的台阶。这是老头儿的吧？跟着她又疑惑这是楼上邻居的脚印。

她走到这脚印前弯下腰仔细地看，这脚印不大不小，留在踏得深深的雪窝里。她却怎么也辨认不出是否是老头儿的脚印。

“天呀！”她想，“我真糊涂，跟他生活一辈子，怎么连他的脚印都认不出来呢？”

她摇摇头，走上台阶打开楼门。当将要推开屋门时，心里默默地念叨着：“愿我的老头儿就在屋里！”这心情只有在他们五十年前约会时才有过。初春时曾经撩拨人心的劲儿，深秋里竟又感受到了。

屋门推开了，啊！老头儿正坐在桌前抽烟。地上的瓷片都扫净了。炉火显然给老头儿捅过，呼呼烧得正旺。顿时有股甜美而温暖的气息，把她冻得发僵的身子一下子紧紧地攫住。她还看见，桌上放着两杯茶，一杯放在老头儿跟前，一杯放在桌子另一边，自然是斟给她的……老头儿见她进来，抬起眼看她一下，跟着又温顺地垂下眼皮。在这眼皮一抬一垂之间，闪出一种羞涩的、发窘的、歉意的目光。每次他俩闹过一场之后，老头儿眼里都会流露出这目光。在夫妻之间，打过架又言归于好，来得分外快活的时刻里，这目光给她一种说不出的慰安。

她站着，好像忽然想到什么，伸手从衣兜里摸出刚才夺走的烟嘴，走过去，放在老头儿跟前。一时她鼻子一酸，想掉泪，但她给自己的倔劲儿抑制住了。什么话也没说，赶紧去给空着肚子的老头儿热菜热饭，还煎上两个鸡蛋……

家庭教师

萧红

唯有我穿着他的夹袍，两只脚使我自己看不见，手被袖口吞没去，宽大的袖口，使我忽然感到我的肩膀一边挂好一个口袋，就是这样，我觉得很合适，很满足。

二十元票子，使他做了家庭教师。

这是第一天，他起得很早，并且脸上也像愉悦了些。我欢喜地跑到过道去倒洗脸水。

心中埋藏不住这些愉快，使我一面折着被子，一面嘴里任意唱着什么歌的句子。而后坐到床沿，两腿轻轻地跳动，单衫的衣角在腿下抖荡。我又跑出门外，看了几次那个提篮卖面包的人，我想，他应该吃些点心吧，八点钟他要去教书，天寒，衣单，又空着肚子，那是不行的。

但是还不见那提着膨胀的篮子的人来到过道。

郎华做了家庭教师，大概他自己想也应该吃了。当我下楼时，他就自己在买，长形的大提篮已经摆在我们房间的门口。他仿佛是一个大蝎虎样，贪婪地，为着他的食欲，从篮子里往外捉取着面包、圆形的点心和“列巴圈”。他强健的两臂，好像要把整个篮子抱到房间里才能满足。最后，他会过钱，下了最大的决心，舍弃了篮子，跑回房中来吃。

还不到八点钟，他就走了。九点钟刚过，他就回来。下午太阳快落时，他又去一次，一个钟头，又回来。他已经慌慌忙忙像是生活有了意义似的。当他回来时，他带回一个小包袱，他说那是才从当铺取出的从前他当过的两件衣裳。他很有兴致地把一件夹袍从包袱里解出来，还有一件小毛衣。

“你穿我的夹袍，我穿毛衣。”他吩咐着。

于是两个人各自赶快穿上。他的毛衣很合适。唯有我穿着他的夹袍，两只脚使我自己看不见，手被袖口吞没去，宽大的袖口，使我忽然感到我的肩膀一边挂好一个口袋，就是这样，我觉得很合适，很满足。

电灯照耀着满城市的人家。钞票带在我的衣袋里，就这样，两个人理直气壮地走在街上，穿过电车道，穿过扰攘着的那条破街。

一扇破碎的玻璃门，上面封了纸片，郎华拉开它，并且回头向我说：“很好的小饭馆，洋车夫和一切工人，全都在这里吃饭。”

我跟着进去。里面摆着三张大桌子。我有点看不惯，好几部分食客都挤在一张桌上。屋子几乎要转不过来身。我想，让我坐在哪里呢？三张桌子满满的都是人。我在袖口外面捏了一下郎华的手说：“一张空桌也没有，怎么吃？”

他说：“在这里吃饭是随随便便的，有空就坐。”他比我自然得多。接着，他把帽子挂到墙壁上。堂倌走来，用他拿在手中已经擦满油腻的布巾抹了一下桌角，同时向旁边正在吃的那个人说：“借光，借光。”

就这样，郎华坐在长板凳上那个人剩下来的一头。至于我呢，堂倌把掌柜独坐的那个圆板凳搬来，占据着大桌子的一头。我们好像存在也可以，不存在也可以似的。不一会，小小的菜碟摆上来。我看到一个小圆木砧上堆着煮熟的肉，郎华跑过去，向着木砧说了一声："切半角钱的猪头肉。"

那个人把刀在围裙上，在那块脏布上抹了一下，熟练地挥动着刀在切肉。我想：他怎么知道那叫猪头肉呢？很快地，我吃到猪头肉了。后来，我又看见火炉上煮着一个大锅，我想要知道这锅里到底盛的是什么，然而当时我不敢，不好意思站起来满屋摆荡。

"你去看看吧。"

"那没有什么好吃的。"郎华一面去看，一面说。

正相反，锅虽然满挂着油腻，里面却是肉丸子。掌柜连忙说："来一碗吧？"

我们没有立刻回答。掌柜又连忙说："味道很好哩。"

我们怕的倒不是味道好不好，既然是肉的，一定要多花钱吧！我们面前摆了五六个小碟子，觉得菜已经够了。他看看我，我看看他。

"这么多菜，还是不要肉丸子吧。"我说。

"肉丸还带汤。"我看他说这话，是愿意了，那么吃吧。一决心，肉丸子就端上来。

破玻璃门边，来来往往有人进出，戴破皮帽子的，穿破皮袄的，还有满身红绿的油匠，长胡子的老油匠，十二三岁尖嗓子的小油匠。

脚下有点潮湿得难过了。可是门仍不住地开关，人们仍是来来往往。一个岁数大一点的妇人，抱着孩子在门外乞讨，仅仅在人们开门时她说一声："可怜可怜吧！给小孩点吃的吧！"然而她从不动手推门。后来，大概她等到时间太长了，就跟着人们进来，停在门口，她还不敢把门关上，表示出她一得到什么东西很快就走的样子。忽然全屋充满了冷空气。郎华拿馒头正要给她，掌柜的摆着手："多得很，给不得。"靠门的那个食客强关了门，已经把她赶出去了，并且说："真她妈的，冷死人，开着门还行！"

不知哪一个发了这一声："她是个老婆子，你把她推出去。若是个大姑娘，不抱住她，你也得多看她两眼。"

全屋人差不多都笑了。我却听不惯这话，我非常恼怒。

郎华为着猪头肉喝了一小壶酒，我也帮着喝。同桌的那个人只吃咸菜，喝稀饭，他结账时还不到一角钱。接着，我们也结账：小菜每碟二分，五碟小菜，半角钱猪头肉，半角钱烧酒，丸子汤八分，外加八个大馒头。

走出饭馆，使人吃惊，冷空气立刻裹紧全身，高空闪烁着繁星。我们奔向有电车经过"叮叮"响的那条街口。

"吃饱没有？"他问。

"饱了。"我答。

经过街口卖零食的小亭子，我还买了两块纸包糖。我一块，他一块，一面上楼，一面吮着糖的滋味。

"你真像个大口袋。"他吃饱了以后才向我说。

同时，我打量着他，也非常不像样。在楼下大镜子前面，两个人照了好久。他的帽子仅仅扣住前额，后脑勺被忘记似的，离得帽子老远老远地独立着。很大的头，顶个小卷沿帽，最不相宜的就是这个小卷沿帽，在头顶上看起来十分不牢固，好像乌鸦落在房顶，有随时飞走的可能。别人送给他的那身学生服短而且宽。

走进房间，像两个大孩子似的，互相比着舌头，他吃的是红色的糖块，所以是红舌头，我是绿舌头。比完舌头之后，他忧愁起来，指甲在桌面上不住地敲响。

“你看，我当家庭教师有多么不带劲！来来往往冻得和个小叫花子似的。”

当他说话时，在桌上敲着的那只手的袖口，已是破了，拖着线条。我想，破了倒不要紧，可是冷怎么受呢？

长久的时间静默着，灯光照在两人脸上，也不跳动一下，我说要给他缝缝袖口，明天要买针线。说到袖口，他警觉一般看一下袖口，脸上立刻浮现着幻想，并且嘴唇微微张开，不自然似的，又不说什么。

关了灯，月光照在窗外，反映得全室微白。两人扯着一张被子，头下破书当作枕头。

隔壁手风琴又“咿咿呀呀”地在诉说生之苦乐。乐器伴着他，他慢慢打开他幽禁的心灵了：

“敏子……这是敏子姑娘给我缝的。可是过去了，过去了就没有什么意义。我对你说过，那时候我疯狂了。直到最末一次信来，才算结束，结束就是说，从那时起她不再给我来信了。这样意外的，相信也不能相信的事情，弄得我昏迷了许多日子……以前许多信都是写着爱我……甚至于说非爱我不可。最末一次信却骂起我来，直到现在，我还不相信，可是事实是那样……”

他起来去拿毛衣给我看：“你看这桃色的线……是她缝的……敏子缝的……”

又灭了灯，隔壁的手风琴仍不停止。在说话里边他叫那个名字：“敏子，敏子。”都是喉头发着水声。

“很好看的，小眼眉很黑……嘴唇很……很红啊！”说到恰好的时候，在被子里边，他紧紧捏了我一下手。我想：我又不是她。

“嘴唇通红通红……啊……”他仍说下去。

马蹄打在街石上，一朵朵的响声。每个院落在想象中也都睡去。

爱人，我的失眠让你落泪

郁达夫

我对你的迷恋穿梭在这广袤的夜空，你的梦如轻纱，缓缓掠过我满布皱纹的额头。

爱人，我的失眠让你落泪，这些泪水竟然落到了我们的故事里，让我胆战心惊，让我惶恐不安，让我在最深的夜晚，那些迷蒙的知觉中苟延残喘，只有孤灯和网络数字搀扶我飘荡的灵魂，那些灵魂是你的，那些灵魂是很久以前就被你完全收走，完全放进你飘来飘去的行囊，轻轻淡淡地码放在一个角落，却无人造访。

爱人，泪水是关于失眠的所有情节的。我很幸运地无辜，因为我已经让你美好的胡搅抓住，被你调皮的蛮缠无限扩大，从你乱梦中醒来的孤单将这种扩展铺满了整个天空。所以我是万恶，我这时的一举一动都渲染了让你厌恶的色彩，你应该知道这是多么的不准确。

爱人，没有什么大不了的事。不就是失眠么，不就是睡觉么，不就是作息时间问题么。你要知道，在你之前很久我就被岁月一下一下锻造成这种德行，岁月伸出一只肥厚的手掌把玩我的倦意，让我黑白颠倒，昼伏夜出，已经十年了。一天一夜是改不过来的。

所以你的哭泣虽然美丽，但是虚幻，虽然忧伤，但是带有真正的喜剧色彩。我们都在一起了，很多事情我们都过来了，还怕这个么？我对你的迷恋穿梭在这广袤的夜空，你的梦如轻纱，缓缓掠过我满布皱纹的额头。体温隔着房间相互交融，你在均匀地呼吸，我在寂静中劳作。爱人，这就是幸福。

别

柔石

“照时机算，今夜必得走了。”

“雨很大，有理由的，你听外面。”

他惺忪地坐在床上，向她微笑一笑：“我爱，‘小’雨很大罢？还有什么理由呢？”

夜未央；人声寂寥；深春的寒雨，雾一般纤细地落着。

隐约地在篱笆的后面，狗吠了二三声，好像远处有行人走过。狗的吠是凄怆的，在这蒙蒙的夜雨中，声音如罩在铜钟底下一样，传播不到前山后山而作悠扬响亮的回音。于是狗回到前面天井里来，狗似惶惶不安，好像职务刚开始，抖着全身淋湿的毛，蹲在一间房外的草堆中，“呜呜”地咽了两声。但接着，房内点上灯了，光闪烁地照着清凉的四壁，又从壁缝透到房外来，细雨如金丝地熠了几熠。

一位青年妇人，坐在一张旧大的床沿上，拿起床前桌上的一只钢表瞧了一瞧，愁着眉向床上正浓睡着的青年男子低声叫道：“醒来罢，醒来罢，你要赶不上轮船了。”

青年梦梦地翻了一身，女的又拨一拨他的眼皮，摇他身子：“醒来罢，醒来罢，你不想去了么？”

于是青年叫了一叫，含糊地问：“什么时候？”

“十一点四十五分，离半夜只差一刻。”

“那么还有一点钟好睡罢，我爱！”

“船岂不是七点钟开么？”

“是的，七十里路我只消六点钟走就够了。”

说着，似又睡去了。

“你也还该起来吃些东西。天下雨，泥路很滑，走不快的，该起来了。”

可是，一边看看她的丈夫又睡去了，于是她更拢近他的身，头俯在他的脸上：“那么延一天去罢，今晚不要动身罢！我也熄了灯睡了，坐着冷冷的。”

忽然，青年却昂起半身，抖擞精神，吻着她脸上说：“不能再延了，不能再延了！”

“今晚不要动身罢，再延一天罢。”

“不好，已经延了两次了。”

“还不过三次就是。”

“照时机算，今夜必得走了。”

“雨很大，有理由的，你听外面。”

他惺忪地坐在床上，向她微笑一笑：“我爱，‘小’雨很大罢？还有什么理由呢？”

这样，他就将他的衣服扣好，站在她的面前了。

“延一天去罢，我不愿你此刻走。”

她将她的头偎在他的臂膀上，眼泪涔涔地流出来了。

“放我走罢，我爱，我还会回来的。”一边，他吻着她的蓬蓬的乱发上。

“延一天去罢，延一天去罢，我求你！”

她竟将整个脸伏在他的胸膛上，小女孩一般撒娇着。

“放我走罢，我爱，明天的此刻还是要走的。方才不醒倒也便了，现在我已清醒，你已冻过一阵，还让我立刻就走罢！延一天，当他已延过一天——事实也延过两天了，所以明天此刻还是和此刻一样的，而且外边的事情待得紧，再不去，要被朋友们大骂了！放我走罢，我立刻要去了。”

“那么去禀过妈妈一声。”

青年妇人这才正经地走到壁边，收拾他的一只小皮箱，一边又说：“我希望你一到就有信来，以后也常常有信来。”

“一定的。”

“我知道你对面是殷诚，背后却殷诚到事务上去了。”

于是他向她笑了一笑，俩人同走出房外。

母亲没有起来，他也坚嘱母亲不要起来。母亲老了，又有病，所以也就没有起来，就在房内向房外站立着的他说——老年的声音在沉寂的深夜中更见破碎——“吃饱些走，来得及的，不要走太快，路多滑，灯笼点亮些。到了那边，就要信来，你妻是时刻记挂你的。要勤笔，不要如断了线的纸鸢一般。身体要保重，这无用我说了。你吃饭去罢。”

儿子站着，呆呆地听过了，似并没十分听进去。这时，妇人就提着灯去开了外门，她似要瞧瞧屋外的春雨，究竟落到怎样地步，但春雨粉一阵地吹到她脸上、身上，她打一寒战，手上的灯光摇了几摇。狗同时跑进来，摇摇它的尾，向青年妇人绕了一圈，又对着青年“呜呜”地咽了两声，妇人的心实在忍不住，可是她却几次咽下她不愿她的丈夫即刻就离别的情绪。以后是渺茫的，夜一般渺茫，梦一般渺茫，但她却除出返身投进到夜与梦的渺茫里以外，没有别的羁留她丈夫的理由与方法了。

妻是无心地将冷饭烧热，在冷饭上和下两只鸡蛋。盛满整整一大碗，端在她丈夫的桌上——桌下是卧着那只狗。

青年一边看表，一边吃得很快。他妻三四次说：“慢吃，来得及的。”可是青年笑着没有听受，不消五分钟，餐事就完毕了。

俩人又回到房内，房内显然是异样地凄凉冷寂，连灯光都更黯淡，更黯淡下来了。青年想挑一挑灯带，妇人说：“油将干了。”

“为什么不灌上一些呢？”

“你就走了，我就睡了。”

“那么我走罢。”青年伸一伸他的背，一边又说，“那么你睡罢。”

“等一息，送你去后。”

“你睡罢，你睡罢，门由我向外关上好了。”

他紧紧地将他的妻拥抱着，不住地在她颊上吻。一个却无力地默然倒在他怀内，眼角莹莹地上了泪珠。

“时常寄信我。”

“毋用记念。”

“早些回来。”

“我爱，总不能明天就回来的。”

一边又吻着她的手。

“假如明早趁不上轮船？”

“在埠头留一天。”

“恐怕已经要趁不上了！窗外的雨声似更大了！”

“那么只好在家里留一天？”

他微笑，她默然。

“你睡下罢，让我走。”

“你好去了，停一息我来关门。”

她的泪是滴下了。

“你睡下，我求你睡下。狗会守着门的。”

他吻着她的泪，一个慢慢地将泪拭去了：“你去好了！”

“你这样，我是去不了的。”

“我什么呢？我很快乐送你去。”

“不要你送，不要。你睡下，好好地睡下，你睡下后我还有话对你说。你再不睡下，我真的明天要在埠头留一天了。”

“那么我睡下，你去罢。”

妻掀开了棉被，将身蜷进被窝内。他伏在她的胸上，两手抱住她的头，许久，他说：“我去了。”

“你不是说还有话么？”妻又下意识地想勾留他一下说。

“是呀，最后的一个约还没有订好。”

“什么呢？”

他脸对她脸问：“万一我这次一去了不回来，你怎样？”

“随你的良心罢！你要丢掉一个爱一个，我有什么法子呢！”

“不是这个意思，我是问你你要怎样，我绝不会爱第二个人的，你还不明了我的心么？可是在外边，死的机会比家里多，万一我在外边忽然死了，你将怎样？”

“不要说这不吉利的话罢。”

“我知道你不能回答了！但我这个约不能不和你订好。”

“你去罢，你可去了，你不想去么？”

“我一定去的，但你必得回答我！”

他拨拨她的脸，一个苦笑说：“叫我怎样答呢？我总是永远守着你的！”

一个急忙说：“你错了！你错了！你为什么要永远守着我？”

“不要说了，怎样呢？”

“万一我死了——船沉了，或被人杀了，你不必悲伤，就转嫁罢！人是没有什么‘大’意义的，你必得牢记。”

“你越来越糊涂了，快些走罢！”

“你记牢么？我真的要走了。”

“你去罢！”

可是他却还是偎在她脸上，叫一声“妻呀！”

别离的滋味是凄凉的，何况又是深夜，微雨！不过俩人的不知次数的接吻，终给俩人以情意的难舍，又怎能系留得住俩人的形影的不能分离呢！他，青年，终于一手提着小箱，一手执着雨伞，在雨伞下挂着一盏灯笼，光黝黯地只照着他个人周身和一步以前的路。他自己向外掩好门，似听着门内有他妻的泣声，可是他没有话。狗要跟着他走，他又和狗盘桓了一息，抚抚狗的耳，叫狗蹲在门的旁边。这样，他投向村外的夜与雨中，带着光，似河边草丛中的萤火一般，走了。

路里没有一个行人，他心头酸楚地，惆怅地，涌荡着一种说不出的静寂。虽则他勇敢地向前走，他自己听着他自己有力的脚步声，一脚脚向前踏去。可是，他的家庭的情形，妻的动作，层出不穷地涌现在他心头。过去的不再来，爱的滋味，使他这时真切地回忆到了。春雨仍旧纷纷地在他四周落着，夜之冷气仍包围着他，而他，他的心，却火一般，煎烧着向前运行。

“我为什么呢？为个人？为社会？——但我不能带得我妻走……不过，这也不是我该有的想念，事业在前面，我是社会的青年，‘别’，算得什么一回事！”

这样，他脚步更走快起来，没有顾到细雨吹湿他的外衣。

别 话

许地山

我再说一句，无论如何，我永久爱你。

素辉病得很重，离她停息的时候不过是十二个时辰了。她丈夫坐在一边，一手支颐，一手把着病人的手臂，宁静而恳挚的眼光都注在他妻子的面上。

黄昏的微光一分一分地消失，幸而房里都是白的东西，眼睛不至于失了它们的辨别力。屋里的静默，早已充满了死的气色；看护妇又不进来，她的脚步声只在门外轻轻地蹀过去，好像告诉屋里的人说：“生命的步履不往这里来，离这里渐次远了。”

强烈的电光忽然从玻璃泡里的金丝发出来。光的浪把那病人的眼睑冲开。丈夫见她这样，就回复他的希望，恳挚地说：“你——你醒过来了！”

素辉好像没听见这话，眼望着他，只说别的。她说：“嗳，珠儿的父亲，在这时候，你为什么不带她来见见我？”

“明天带她来。”

屋里又沉默了许久。

“珠儿的父亲哪，因为我身体软弱、多病的缘故，叫你牺牲许多光阴来看顾我，还阻碍你许多比服侍我更要紧的事。我实在对你不起。我的身体实不容我……”

“不要紧的，服侍你也是我应当做的事。”

她笑，但白的被窝中所显出来的笑容并不是欢乐的标识。她说：“我很对不住你，因为我不曾为我们生下一个男儿。”

“哪里的话！女孩子更好。我爱女的。”

凄凉中的喜悦把素辉身中预备要走的魂拥回来。她的精神似乎比前强些，一听丈夫那么说，就接着道：“女的本不足爱：你看许多人——连你——为女人惹下多少烦恼！……不过是——人要懂得怎样爱女人，才能懂得怎样爱智慧。不会爱或拒绝爱女人的，纵然他没有烦恼，他是万灵中最愚蠢的人。珠儿的父亲，珠儿的父亲哪，你佩服这话么？”

这时，就是我们——旁边的人——也不能为珠儿的父亲想出一句答辞。

“我离开你以后，切不要因为我，就一辈子过那鳏夫的生活。你必要为我的缘故，依我方才的话爱别的女人。”她说到这里，把那只几乎动不得的右手举起来，向枕边摸索。

“你要什么？我替你找。”

“戒指。”

丈夫把她的手扶下来，轻轻在她枕边摸出一只玉戒指来递给她。

“珠儿的父亲，这戒指虽不是我们订婚用的，却是你给我的；你可以存起来，以后再给珠儿的母亲，表明我和她的连属。除此以外，不要把我的东西给她，恐怕你要当她是我；不要把我们的旧话说给她听，恐怕她要因你的话就生出差别心，说你爱死的妇人甚于爱生的妻子。”她把戒指轻轻地套在丈夫左手的无名指上。丈夫随着扶她的手与他的唇边略一接触。妻子对于这番厚意，只用微微睁开的眼睛看着他。除掉这样的回报，她实在不能表现什么。

丈夫说：“我应当为你做的事，都对你说过了。我再说一句，无论如何，我永久爱你。”

“咦，再过几时，你就要把我的尸体扔在荒野中了！虽然我不常住在我的身体内，可是人一离开，再等到什么时候，在什么地方才能互通我们恋爱的消息呢？若说我们将要住在天堂的话，我想我也永无再遇见你的日子，因为我们的天堂不一样。你所要住的，必不是我现在要去的。何况我还不配住在天堂？我虽不信你的神，我可信你所信的真理。纵然真理有能力，也不为我们这小小的缘故就永远把我们结在一块。珍重吧，不要爱我于离别之后。”

丈夫既不能说什么话，屋里只可让死的静寂占有了。楼底下恍惚敲了七下自鸣钟。他为尊重医院的规则，就立起来，握着素辉的手说：“我的命，再见吧，七点钟了。”

“你不要走，我还和你谈话。”

“明天我早一点来，你累了，歇歇吧。”

“你总不听我的话。”她把眼睛闭了，显出很不愿意的样子。丈夫无奈，又停住片时，但她实在累了，只管躺着，也没有什么话说。

丈夫轻轻蹑出去。一到楼口，那脚步又退后走，不肯下去。他又蹑回来，悄悄到素辉床边，见她显着昏睡的形态，枯涩的泪点滴不下来，只挂在眼睑之间。

墓畔哀歌

石评梅

我爱，我原想追回那美丽的皎容，祭献在你碧草如茵的墓旁，谁知道青春的残蕾已和你一同殉葬。

一

我由冬的残梦里惊醒，春正吻着我的睡靥低吟！晨曦照上了窗纱，望见往日令我醺醉的朝霞，我想让丹彩的云流，再认认我当年的颜色。

披上那件绣着蛱蝶的衣裳，姗姗地走到尘网封锁的妆台旁。呵！明镜里照见我憔悴的枯颜，像一朵颤动在风雨中苍白凋零的梨花。

我爱，我原想追回那美丽的皎容，祭献在你碧草如茵的墓旁，谁知道，青春的残蕾，已和你一同殉葬。

二

假如我的眼泪真凝成一粒一粒珍珠，到如今，我已替你缀织成绕你玉颈的围巾。

假如我的相思真化作一颗一颗的红豆，到如

今，我已替你堆集永久勿忘的爱心。哀愁深埋在我心头。

我愿燃烧我的肉身化成灰烬，我愿放浪我的热情怒涛汹涌。天呵！这蛇似的蜿蜒，蚕似的缠绵，就这样悄悄地偷去了我生命的青焰。

我爱，我吻遍了你墓头青草在日落黄昏；我祷告，就是空幻的梦吧，也让我再见见你的英魂。

三

明知道人生的尽头便是死的故乡，我将来也是一座孤冢，衰草斜阳。有一天呵！我离开繁华的人寰，悄悄入葬；这悲艳的爱情，一样是烟消云散，昙花一现；梦醒后飞落在心头的，都是些残泪点点。

然而我不能把记忆毁灭，把埋我心墟上的残骸抛却，只求我能永久徘徊在这垒垒荒冢之间，为了看守你的墓茔，祭献那茉莉花环。

我爱，你知否我无言的忧衷，怀想着往日轻盈之梦。梦中，我低低唤着你小名，醒来，只是深夜长空有孤雁哀鸣！

四

黯淡的天幕下，没有明月，也无星光。这宇宙像数千年的古墓。皑皑白骨上，飞动闪映着惨绿的磷花。我匍匐哀泣于此残锈的铁栏之旁，愿烘我愤怒的心火，烧毁这黑暗丑恶的地狱之网。

命运的魔鬼有意捉弄我弱小的灵魂，罚我在冰雪寒天中，寻觅那凋零了的碎梦。求上帝饶恕我，不要再残害我这仅有的生命，剩得此残躯在，容我杀死那狞恶的敌人！

我爱，纵然宇宙变成烬余的战场，野烟都腥，在你给我的甜梦里，我心长系驻于虹桥之中，赞美永生！

五

我整天踟蹰于垒垒荒冢，看遍了春花秋月不同的风景，抛弃了一切名利虚荣，来到此无人烟的旷野，哀吟缓行。我登了高岭，向云天苍茫的西方招魂，在绚烂的彩霞里，望见了我沉落的希望之陨星。

远处是烟雾冲天的古城，火星似金箭向四方飞游！隐约地听见刀枪搏击之声，那狂热的欢呼令人震惊！在碧草萋萋的墓头，我举起了胜利的金觥，饮吧我爱，我奠祭你静寂无言的孤冢！

星月满天时，我把你遗我的宝剑纤手轻擎，宣誓向长空：愿此生永埋了英雄儿女的热情。

六

假如人生只是虚幻的梦影，那我这些可爱的映影，便是你赠与我的全生命。我常觉你在我身后的树林里，骑着马轻轻地走过去；常觉你停息在我的窗前，徘徊着等我的影消灯熄；常觉你随着我唤你的声音，悄悄走近了我，又含泪退到了墙角；常觉你站在我低垂的雪帐外，哀哀地对月光而叹息！

在人海尘途中，偶然逢见个像你的人，我停步凝视后，这颗心呵！便如秋风横扫落叶般冷森凄零！我默思我已经得到爱的心，如今只是荒草夕阳下，一座静寂无语的孤冢。

我的心是深夜梦里，寒光闪灼的残月；我的情是青碧冷静，永不再流的湖水。残月照着你的墓碑，湖水环绕着你的坟。我爱，这是我的梦，也是你的梦。安息吧，敬爱的灵魂！

七

我自从混迹到尘世间，便忘却了我自己；在你的灵魂，我才知是谁。

记得也是这样夜里。我们在河堤的柳丝中，走过来，走过去。我们无语，心海的波浪也只有月儿能领会。你倚在树上望明月沉思，我枕在你胸前听你的呼吸。抬头看见黑翼飞来掩遮住月儿的清光，你抖颤着问我：假如这苍黑的翼是我们的命运时，应该怎样？

我认识了欢乐，也随来了悲哀，接受了你的热情，同时也随来了冷酷的秋风。往日，我怕恶魔的眼睛凶，白牙如利刃；我总是藏伏在你的腋下趑趄不敢进，你一手执宝剑，一手扶着我，践踏着荆棘的途径，投奔那如花的前程！

如今，这道上还留着你斑斑血痕，恶魔的眼睛和牙齿再是那样凶狠。但是我爱，你不要怕我孤零，我愿用这一纤细的弱玉腕，建设那如意的梦境。

八

春来了，催开桃蕾，又飘到柳梢。这般温柔慵懒的天气，真使人恼！她似乎躲在我眼底有意缭绕，一阵阵风翼，吹起了我灵海深处的波涛。

这世界已换上了装束，如少女般那样娇娆，她披拖着浅绿的轻纱，蹁跹在她那（姹）紫嫣红中舞蹈。伫立于白杨下，我心如捣，强睁开模糊的泪眼，细认你墓头，萋萋芳草。满腔辛酸与谁道？愿此恨吐向青空将天地包。它纠结围绕着我的心，像一堆枯黄的蔓草。我爱，我待你用宝剑来挥扫，我待你用火花来焚烧。

九

垒垒荒冢上，火光熊熊，纸灰缭绕，清明到了。这是碧草绿水的春郊。墓畔有白发老翁，有红颜年少，向这一抔黄土致不尽的怀忆和哀悼。云天苍茫处，我将魂招。白杨萧条，暮鸦声声，怕孤魂归路迢迢。

逝去了，欢乐的好梦，不能随墓草而复生。明朝此日，谁知天涯何处寄此身？叹漂泊，我已如落花浮萍，且高歌，且痛饮，拼一醉，烧熄此心头余情。

我爱，这一杯苦酒细细斟，邀残月与孤星和泪共饮，不管黄昏，不论夜深，醉卧在你墓碑旁，任霜露侵凌吧！我再不醒。

怀念萧珊（节选）

巴金

她是我生命的一部分，她的骨灰里有我的泪和血。

梦魇一般的日子终于过去了。六年仿佛一瞬间似的远远地落在后面了。其实哪里是一瞬间！这段时间里有多少流着血和泪的日子啊。不仅是六年，从我开始写这篇短文到现在又过去了半年，半年中我经常在火葬场的大厅里默哀，行礼，为了纪念朋友。想到他们不能把个人的智慧和才华献给社会主义祖国，我万分惋惜。每次戴上黑纱插上纸花的同时，我也想起我自己最亲爱的朋友，一个普通的文艺爱好者，一个成绩不大的翻译工作者，一个心地善良的人。她是我生命的一部分，她的骨灰里有我的泪和血。

她是我的一个读者。一九三六年我在上海第一次同她见面。一九三八年和一九四一年我们两次在桂林像朋友似的住在一起。一九四四年我们在贵阳结婚。我认识她的时候，她还不到二十，对她的成长我应当负很大的责任。她读了我的小说，给我写信，后来见到了我，对我发生了感情。她在中学念书，看见我以前，因为参加学生运动被学校开除，回到家乡住了一个短时期，又出来进另一所学校。倘使不是为了我，她三七、三八年一定去了延安。她同我谈了八年的恋爱，后来到贵阳旅行结婚，只印发了一个通知，没有摆过一桌酒席。从贵阳我和她先后到了重庆，住在民国路文化生活出版社门市部楼梯下七八个平方米的小屋里。她托人买了四只玻璃杯开始组织我们的小家庭。她陪着我经历了各种艰苦生活。

在抗日战争紧张的时期，我们一起在日军进城以前十多个小时逃离广州，我们从广东到广西，从昆明到桂林，从金华到温州，我们分散了，又重见，相见后又别离。在我那两册《旅途通讯》中就有一部分这种生活的记录。四十年前有一位朋友批评我："这算什么文章！"我的《文集》出版后，另一位朋友认为我不应当把它们也收进去。他们都有道理。两年来我对朋友、对读者讲过不止一次，我决定不让《文集》重版。但是为我自己，我要经常翻看那两小册《通讯》。在那些年代，每当我落在困苦的境地里、朋友们各奔前程的时候，她总是亲切地在我耳边说："不要难过，我不会离开你，我在你的身边。"的确，只有她最后一次进手术室之前她才说过这样一句："我们要分别了。"

我同她一起生活了三十多年。但是我并没有好好地帮助过她。她比我有才华，却缺乏刻苦钻研的精神。我很喜欢她翻译的普希金和屠格涅夫的小说。虽然译文并不恰当，也不是普希金和屠格涅夫的风格，它们却是有创造性的文学作品，阅读它们对我是一种享受。她想改变自己的生活，不愿做家庭妇女，却又缺少吃苦耐劳的勇气。她听一个朋友的劝告，得到叶以群同志的同意，到《上海文学》“义务劳动”，也做了一点点工作，然而在运动中却受到批判，说她专门向老作家组稿，又说她是我派去的“坐探”。她为了改造思想，想走捷径，要求参加“四清”运动，找人推荐到某铜厂的工作组工作，工作相当忙碌、紧张，她却精神愉快。但是到我快要靠边的时候，她也被叫回“作协分会”参加运动。她第一次参加这种急风暴雨般的斗争，而且是以反动权威家属的身份参加，她不知道该怎么办才好。她张皇失措，坐立不安，替我担心，又为儿女们的前途忧虑。她盼望什么人向她伸出援助的手，可是朋友们离开了她，“同事们”拿她当作箭靶，还有人想通过整她来整我。她不是“作协分会”或者刊物的正式工作人员，可是仍然被“勒令”靠边劳动、站队挂牌，放回家以后，又给揪到机关。她怕人看见，每天大清早起来，拿着扫帚出门，扫得精疲力尽，才回到家里，关上大门，吐了一口气。但有时她还碰到上学去的小孩，对她叫骂“巴金的臭婆娘”。我偶尔看见她拿着扫帚回来，不敢正眼看她，我感到负罪的心情，这是对她的一个致命的打击。不到两个月，她病倒了，以后就没有再出去扫街（我妹妹继续扫了一个时期），但是也没有完全恢复健康。尽管她还继续拖了四年，但一直到死她并不曾看到我恢复自由。

这就是她的最后，然而绝不是她的结局。她的结局将和我的结局连在一起。

我绝不悲观。我要争取多活。我要为我们社会主义祖国工作到生命的最后一息。在我丧失工作能力的时候，我希望病榻上有萧珊翻译的那几本小说。等到我永远闭上眼睛，就让我的骨灰同她的掺和在一起。

从来都不会想起，

永远也不会忘记。

藤野先生

鲁迅

有时我常常想：他的对于我的热心的希望，不倦的教诲，小而言之，是为中国，就是希望中国有新的医学；大而言之，是为学术，就是希望新的医学传到中国去。

东京也无非是这样。上野的樱花烂漫的时节，望去确也像绯红的轻云，但花下也缺不了成群结队的“清国留学生”的速成班，头顶上盘着大辫子，顶得学生制帽的顶上高高耸起，形成一座富士山。也有解散辫子，盘得平的，除下帽来，油光可鉴，宛如小姑娘的发髻一般，还要将脖子扭几扭。实在标致极了。

中国留学生会馆的门房里有几本书买，有时还值得去一转；倘在上午，里面的几间洋房里倒也还可以坐坐的。但到傍晚，有一间的地板便常不免要咚咚咚地响得震天，兼以满房烟尘斗乱；问问精通时事的人，答道，“那是在学跳舞。”

到别的地方去看看，如何呢？

我就往仙台的医学专门学校去。从东京出发，不久便到一处驿站，写道：日暮里。不知怎的，我到现在还记得这名目。其次却只记得水户了，这是明的遗民朱舜水先生客死的地方。仙台是一个市镇，并不大；冬天冷得利害；还没有中国的学生。

大概是物以稀为贵罢。北京的白菜运往浙江，便用红头绳系住菜根，倒挂在水果店头，尊为“胶菜”；福建野生着的芦荟，一到北京就请进温室，且美其名曰“龙舌兰”。我到仙台也颇受了这样的优待，不但学校不收学费，几个职员还为我的食宿操心。我先是住在监狱旁边一个客店里的，初冬已经颇冷，蚊子却还多，后来用被盖了全身，用衣服包了头脸，只留两个鼻孔出气。在这呼吸不息的地方，蚊子竟无从插嘴，居然睡安稳了。饭食也不坏。但一位先生却以为这客店也包办囚人的饭食，我住在那里不相宜，几次三番，几次三番地说。我虽然觉得客店兼办囚人的饭食和我不相干，然而好意难却，也只得另寻相宜的住处了。于是搬到另一家，离监狱也很远，可惜每天总要喝难以下咽的芋梗汤。

从此就看见许多陌生的先生，听到许多新鲜的讲义。解剖学是两个教授分任的。最初是骨学。其时进来的是一个黑瘦的先生，八字须，戴着眼镜，挟着一叠大大小小的书。一将书放在讲台上，便用了缓慢而很有顿挫的声调，向学生介绍自己道：

“我就是叫作藤野严九郎的……”

后面有几个人笑起来了。他接着便讲述解剖学在日本发达的历史，那些大大小小的书，便是从最初到现今关于这一门学问的著作。起初有几本是线装的；还有翻刻中国译本的，他们的翻译和研究新的医学，并不比中国早。

那坐在后面发笑的是上学年不及格的留级学生，在校已经一年，掌故颇为熟悉的了。他们便给新生讲演每个教授的历史。这藤野先生，据说是穿衣服太模糊了，有时竟会忘记戴领结；冬天是一件旧外套，寒颤颤的，有一回上火车去，致使管车的疑心他是扒手，叫车里的客人大家小心些。

他们的话大概是真的，我就亲见他有一次上讲堂没有戴领结。

过了一星期，大约是星期六，他使助手来叫我了。到得研究室，见他坐在人骨和许多单独的头骨中间——他其时正在研究着头骨，后来有一篇论文在本校的杂志上发表出来。

“我的讲义，你能抄下来么？”他问。

“可以抄一点。”

“拿来我看！”

我交出所抄的讲义去，他收下了，第二三天便还我，并且说，此后每一星期要送给他看一回。我拿下来打开看时，很吃了一惊，同时也感到一种不安和感激。原来我的讲义已经从头到末，都用红笔添改过了，不但增加了许多脱漏的地方，连文法的错误，也都一一订正。这样一直继续到教完了他所担任的功课：骨学、血管学、神经学。

可惜我那时太不用功，有时也很任性。还记得有一回藤野先生将我叫到他的研究室里去，翻出我那讲义上的一个图来，是下臂的血管，指着，向我和蔼地说道：——

“你看，你将这条血管移了一点位置了——自然，这样一移，的确比较好看些，然而解剖图不是美术，实物是那么样的，我们没法改换它。现在我给你改好了，以后你要全照着黑板上那样地画。”

但是我还不服气，口头答应着，心里却想道：——

“图还是我画的不错；至于实在的情形，我心里自然记得的。”

学年试验完毕之后，我便到东京玩了一夏天，秋初再回学校，成绩早已发表了，同学一百余人之中，我在中间，不过是没有落第。这回藤野先生所担任的功课，是解剖实习和局部解剖学。

解剖实习了大概一星期，他又叫我去了，很高兴地，仍用了极有抑扬的声调对我说道：

“我因为听说中国人是很敬重鬼的，所以很担心，怕你不肯解剖尸体。现在总算放心了，没有这回事。”

但他也偶有使我很为难的时候。他听说中国的女人是裹脚的，但不知道详细，所以要问我怎么裹法，足骨变成怎样的畸形，还叹息道：“总要看一看才知道。究竟是怎么一回事呢？”

有一天，本级的学生会干事到我寓里来了，要借我的讲义看。我拿出来交给他们，却只翻检了一通，并没有带走。但他们一走，邮差就送到一封很厚的信，拆开看时，第一句是：

“你改悔罢！”

这是《新约》上的句子罢，但经托尔斯泰新近引用过的。其时正值日俄战争，托老先生便写了一封给俄国和日本的皇帝的信，开首便是这一句。日本报纸上很斥责他的不逊，爱国青年也愤然，然而暗地里却早受了他的影响了。其次的话，大略是说上年解剖学试验的题目，是藤野先生讲义上做了记号，我预先知道的，所以能有这样的成绩。末尾是匿名。

我这才回忆到前几天的一件事。因为要开同级会，干事便在黑板上写广告，末一句是“请全数到会勿漏为要”，而且在“漏”字旁边加了一个圈。我当时虽然觉得圈得可笑，但是毫不介意，这回才悟出那字也在讥刺我了，犹言我得了教员漏泄出来的题目。

我便将这事告知了藤野先生；有几个和我熟识的同学也很不

平，一同去诘责干事托辞检查的无礼，并且要求他们将检查的结果，发表出来。终于这流言消灭了，干事却又竭力运动，要收回那一封匿名信去。结末是我便将这托尔斯泰式的信退还了他们。

中国是弱国，所以中国人当然是低能儿，分数在六十分以上，便不是自己的能力了：也无怪他们疑惑。但我接着便有参观枪毙中国人的命运了。第二年添教霉菌学，细菌的形状是全用电影来显示的，一段落已完而还没有到下课的时候，便放几片时事的片子，自然都是日本战胜俄国的情形。但偏有中国人夹在里边：给俄国人做侦探，被日本军捕获，要枪毙了，围着看的也是一群中国人；在讲堂里的还有一个我。

“万岁！”他们都拍掌欢呼起来。

这种欢呼，是每看一片都有的，但在我，这一声却特别听得刺耳。此后回到中国来，我看见那些闲看枪毙犯人的人们，他们也何尝不酒醉似的喝彩——呜呼，无法可想！但在那时那地，我的意见却变化了。

到第二学年的终结，我便去寻藤野先生，告诉他我将不学医学，并且离开这仙台。他的脸色仿佛有些悲哀，似乎想说话，但竟没有说。

“我想去学生物学，先生教给我的学问，也还有用的。”其实我并没有决意要学生物学，因为看得他有些凄然，便说了一个安慰他的谎话。

“为医学而教的解剖学之类，怕于生物学也没有什么大帮助。”他叹息说。

将走的前几天，他叫我到他家里去，交给我一张相片，后面写着两个字道：“惜别”，还说希望将我的也送他。但我这时适值没有照相了；他便叮嘱我将来照了寄给他，并且时时通信告诉他此后的状况。

我离开仙台之后，就多年没有照过相，又因为状况也无聊，说起来无非使他失望，便连信也怕敢写了。经过的年月一多，话更无从说起，所以虽然有时想写信，却又难以下笔，这样的情况一直到现在，竟没有寄过一封信和一张照片。从他那一面看起来，是一去之后，杳无消息了。

但不知怎的，我总还时时记起他，在我所认为我师的之中，他是最使我感激，给我鼓励的一个。有时我常常想：他的对于我的热心的希望，不倦的教诲，小而言之，是为中国，就是希望中国有新的医学；大而言之，是为学术，就是希望新的医学传到中国去。他的性格，在我的眼里和心里是伟大的，虽然他的姓名并不为许多人所知道。

他所改正的讲义，我曾经订成三厚本，收藏着的，将作为永久的纪念。不幸七年前迁居的时候，中途毁坏了一口书箱，失去半箱书，恰巧这讲义也遗失在内了。责成运送局去找寻，寂无回信。只有他的相片至今还挂在我北京寓居的东墙上，书桌对面。每当夜间疲倦，正想偷懒时，仰面在灯光中瞥见他黑瘦的面貌，似乎正要说出抑扬顿挫的话来，便使我忽又良心发现，而且增加勇气了，于是点上一支烟，再继续写些为“正人君子”之流所深恶痛疾的文字。

回忆鲁迅先生（节选）

萧红

周先生在课堂上，一生气就用眼睛往下一掠，看着他们，这种眼光是鲁迅先生在记范爱农先生的文字曾自己述说过，而谁曾接触过这种眼光的人就会感到一个时代的全智者的催逼。

鲁迅先生的笑声是明朗的，是从心里的欢喜。若有人说了什么可笑的话，鲁迅先生笑得连烟卷都拿不住了，常常是笑得咳嗽起来。

鲁迅先生走路很轻捷，尤其他人记得清楚的，是他刚抓起帽子来往头上一扣，同时左腿就伸出去了，仿佛不顾一切地走去。

鲁迅先生不大注意人的衣裳，他说："谁穿什么衣裳我看不见得……"

鲁迅先生生的病，刚好了一点，他坐在躺椅上，抽着烟，那天我穿着新奇的大红的上衣，很宽的袖子。

鲁迅先生说："这天气闷热起来，这就是梅雨天。"他把他装在象牙烟嘴上的香烟，又用手装得紧一点，往下又说了别的。

许先生忙着家务，跑来跑去，也没有对我的衣裳加以鉴赏。

于是我说："周先生，我的衣裳漂亮不漂亮？"

鲁迅先生从上往下看了一眼："不大漂亮。"

过了一会又接着说："你的裙子配的颜色不对，并不是红上衣不好看，各种颜色都是好看的，红上衣要配红裙子，不然就是黑裙子，咖啡色的就不行了；这两种颜色放在一起很浑浊……你没看到外国人在街上走的吗？绝没有下边穿一件绿裙子，上边穿一件紫上衣，也没有穿一件红裙子而后穿一件白上衣的……"

鲁迅先生就在躺椅上看着我："你这裙子是咖啡色的，还带格子，颜色浑浊得很，所以把红色衣裳也弄得不漂亮了。"

"……人瘦不要穿黑衣裳，人胖不要穿白衣裳；脚长的女人一定要穿黑鞋子，脚短就一定要穿白鞋子；方格子的衣裳胖人不能穿，但比横格子的还好；横格子的胖人穿上，就把胖子更往两边裂着，更横宽了，胖子要穿竖条子的，竖的把人显得长，横的把人显得宽……"

那天鲁迅先生很有兴致，把我一双短筒靴子也略略批评一下，说我的短靴是军人穿的，因为靴子的前后都有一条线织的拉手，这拉手据鲁迅先生说是放在裤子下边的……我说："周先生，为什么那靴子我穿了多久了而不告诉我，怎么现在才想起来呢？现在我不是不穿了吗？我穿的这不是另外的鞋吗？"

"你不穿我才说的，你穿的时候，我一说你该不穿了。"

那天下午要赴一个宴会去，我要许先生给我找一点布条或绸条束一束头发。许先生拿了来米色的绿色的还有桃红色的。经我和许先生共同选定的是米色的。为着取美，把那桃红色的，许先生举起来放在我的头发上，并且许先生很开心地说着：

"好看吧！多漂亮！"

我也非常得意，很规矩又顽皮地在等着鲁迅先生往这边看我们。

鲁迅先生这一看，脸是严肃的，他的眼皮往下一放向着我们这边看着：

“不要那样装饰她……”

许先生有点窘了。

我也安静下来。

鲁迅先生在北平教书时，从不发脾气，但常常好用这种眼光看人，许先生常跟我讲。她在女师大读书时，周先生在课堂上，一生气就用眼睛往下一掠，看着他们，这种眼光是鲁迅先生在记范爱农先生的文字曾自己述说过，而谁曾接触过这种眼光的人就会感到一个时代的全智者的催逼。

我开始问：“周先生怎么也晓得女人穿衣裳的这些事情呢？”

“看过书的，关于美学的。”

“什么时候看的……”

“大概是在日本读书的时候……”

“买的书吗？”

“不一定是买的，也许是从什么地方抓到就看的……”

“看了有趣味吗？！”

“随便看看……”

“周先生看这书做什么？”

“……”没有回答，好像很难以答。

许先生在旁说：“周先生什么书都看的。”

悼志摩

林徽因

突然的，他闯出我们这共同的世界，沉入永远的静寂，不给我们一点预告，一点准备，或是一个最后希望的余地。

十一月十九日我们的好朋友，许多人都爱戴的新诗人，徐志摩，突兀的，不可信的，惨酷的，在飞机上遇险而死去。这消息在二十日的早上像一根针刺猛触到许多朋友的心上，顿时那一早的天墨一般地昏黑，哀恸的哽咽锁住每一个人的嗓子。

志摩……死……谁曾将这两个句子联在一处想过！他是那样活泼的一个人，那样刚刚站在壮年的顶峰上的一个人。朋友们常常惊讶他的活动，他那像小孩般的精神和认真，谁又会想到他死？

突然的，他闯出我们这共同的世界，沉入永远的静寂，不给我们一点预告，一点准备，或是一个最后希望的余地。这种几乎近于忍心的决绝，那一天不知震麻了多少朋友的心！现在那不能否认的事实，仍然无情地挡住我们前面。任凭我们多苦楚地哀悼他的惨死，多迫切地希冀能够仍然接触到他原来的音容，事实是不会为体贴我们这悲念而有些须更改；而他也再不会为不忍我们这伤悼而有些许活动的可能！这难堪的永远静寂和消沉便是死的最残酷处。

我们不迷信的，没有宗教地望着这死的帷幕，更是丝毫没有把握。张开口我们不会呼吁，闭上眼不会入梦，徘徊在理智和情感的边缘，我们不能预期后会，对这死，我们只是永远发怔，吞咽枯涩的泪，待时间来剥削这哀恸的尖锐，痂结我们每次悲悼的创伤。那一天下午初得到消息的许多朋友不是全跑到胡适之先生家里么？但是除却拭泪相对，默然围坐外，谁也没有主意，谁也不知有什么话说，对这死！

谁也没有主意，谁也没有话说！事实不容我们安插任何的希望，情感不容我们不伤悼这突兀的不幸，理智又不容我们有超自然的幻想！默然相对，默然围坐……而志摩则仍是死去没有回头，没有音讯，永远地不会回头，永远地不会再有音讯。

我们中间没有绝对信命运之说的，但是对着这不测的人生，谁不感到惊异，对着那许多事实的痕迹又如何不感到人力的脆弱，智慧的有限。世事尽有定数？世事尽是偶然？对这永远的疑问我们什么时候能有完全的把握？

在我们前边展开的只是一堆坚质的事实：

“是的，他十九晨有电报来给我……

“十九早晨，是的！说下午三点准到南苑，派车接……

“电报是九时从南京飞机场发出的……

“刚是他开始飞行以后所发……

“派车接去了，等到四点半……说飞机没有到……

“没有到……航空公司说济南有雾……很大……”只是一个钟

头的差别；下午三时到南苑，济南有雾！谁相信就是这一个钟头中便可以有这么不同事实的发生，志摩，我的朋友！

他离北平的前一晚我仍见到，那时候他还不知道他次晨南旅的，飞机改期过三次，他曾说如果再改下去，他便不走了的。我和他同由一个茶会出来，在总布胡同口分手。在这茶会里我们请的是为太平洋会议来的一个柏雷博士，因为他是志摩生平最爱慕的女作家曼殊斐儿的姊丈，志摩十分的殷勤；希望可以再从柏雷口中得些关于曼殊斐儿早年的影子，只因限于时间，茶后我们便匆匆地散了。晚上我有约会出去了，回来时很晚，听差说他又来过，适遇我们夫妇刚走，他自己坐了一会儿，喝了一壶茶，在桌上写了些字便走了。我到桌上一看：——

“定明早六时飞行，此去存亡不卜……”我怔住了，心中一阵不痛快，却忙给他一个电话。

“你放心，”他说，“很稳当的，我还要留着生命看更伟大的事迹呢，哪能便死？……”

话虽是这样说，他却是已经死了整两周了！

凡是志摩的朋友，我相信全懂得，死去他这样一个朋友是怎么一回事！

现在这事实一天比一天更结实，更固定，更不容否认。志摩是死了，这个简单残酷的事实早又添上时间的色彩，一周，两周，一直地增长下去……

我不该在这里语无伦次地尽管呻吟我们做朋友的悲哀情绪。归根说，读者抱着我们文字看，也就是像志摩的请柏雷一样，要从我们口里再听到关于志摩的一些事。这个我明白，只怕我不能使你们满意，因为关于他的事，动听的，使青年人知道这里有个不可多得的人格存在的，实在太多，绝不是几千字可以表达得完。谁也得承认像他这样的一个人世间便不轻易有几个的，无论在中国或是外国。

我认得他，今年整十年，那时候他在伦敦经济学院，尚未去康桥。我初次遇到他，也就是他初次认识到影响他迁学的逖更生先生。不用说他和我父亲最谈得来，虽然他们年岁上差别不算少，一见面之后便互相引为知己。他到康桥之后由逖更生介绍进了皇家学院，当时和他同学的有我姊丈温君源宁。一直到最近两月中源宁还常在说他当时的许多笑话，虽然说是笑话，那也是他对志摩最早的一个惊异的印象。志摩认真的诗情，绝不含有丝毫矫伪，他那种痴，那种孩子似的天真实能令人惊讶。源宁说，有一天他在校舍里读书，外边下了倾盆大雨——唯是英伦那样的岛国才有的狂雨——忽然他听到有人猛敲他的房门，外边跳进一个被雨水淋得全湿的客人。不用说他便是志摩，一进门一把扯着源宁向外跑，说快来我们到桥上去等着。这一来把源宁怔住了，他问志摩等什么在这大雨里。志摩睁大了眼睛，孩子似的高兴地说“看雨后的虹去”。源宁不只说他不去，并且劝志摩趁早将湿透的衣服换下，再穿上雨衣出去，英国的湿气岂是儿戏，志摩不等他说完，一溜烟地自己跑了！

以后我好奇地曾问过志摩这故事的真假，他笑着点头承认这全段故事的真实。我问：那么下文呢，你立在桥上等了多久，并且看到虹了没有？他说记不清，但是他居然看到了虹。我诧异地打断他对那虹的描写，问他：怎么他便知道，准会有虹的。他得意地笑答我说：“完全诗意的信仰！”

“完全诗意的信仰”，我可要在这里哭了！也就是为这“诗意的信仰”，他硬要借航空的方便达到他“想飞”的夙愿！“飞机是很稳当的，”他说，“如果要出事那是我的运命！”他真对运命这样完全诗意的信仰！

志摩我的朋友，死本来也不过是一个新的旅程，我们没有到过的，不免过分地怀疑，死不定就比这生苦，“我们不能轻易断定那一边没有阳光与人情的温慰”，但是我前边说过最难堪的是这永远的静寂。我们生在这没有宗教的时代，对这死实在太没有把握了。这以后许多思念你的日子，怕要全是昏暗的苦楚，不会有一点点光明，除非我也有你那美丽的诗意的信仰！

我个人的悲绪不竟又来扰乱我对他生前许多清晰的回忆，朋友们原谅。

诗人的志摩用不着我来多说，他那许多诗文便是估价他的天平。我们新诗的历史才是这样的短，恐怕他的判断人尚在我们儿孙辈的中间。我要谈的是诗人之外的志摩。人家说志摩的为人只是不经意的浪漫，志摩的诗全是抒情诗，这断语从不认识他的人听来可以说很公平，从他朋友们看来实在是对不起他。志摩是个很古怪的人，浪漫固然，但他人格里最精华的却是他对人的同情、和蔼和优容；没有一个人他对他不和蔼，没有一种人，他不能优容，没有一种的情感，他绝对地不能表同情。我不说了解，因为不是许多人爱说志摩最不解人情么？我说他的特点也就在这上头。

我们寻常人就爱说了解；能了解的我们便同情，不了解的我们便很落漠乃至于冷酷。表同情于我们能了解的，我们以为很适当；不表同情于我们不能了解的，我们也认为很公平。志摩则不然，了解与不了解，他并没有过分地夸张，他只知道温存、和平、体贴，只要他知道有情感的存在，无论出自何人，在何等情况之下，他理智上认为适当与否，他全能表几分同情，他真能体会原谅他人与他自己不相同处。从不会刻薄地单支出严格的迫仄的道德的天平指摘凡是与他不同的人。他这样的温和，这样的优容，真能使许多人惭愧，我可以忠实地说，至少他要比我们多数的人伟大许多；他觉得人类各种的情感动作全有它不同的，价值放大了的人类的眼光，同情是不该只限于我们划定的范围内。他是对的，朋友们，归根说，我们能够懂得几个人，了解几桩事，几种情感？哪一桩事，哪一个人没有多面的看法！为此说来志摩朋友之多，不是个可怪的事；凡是认得他的人不论深浅对他全有特殊的感情，也是极自然的结果。而反过来看他自己在他一生的过程中却是很少得着同情的。不只如是，他还曾为他的一点理想的愚诚几次几乎不见容于社会。但是他却未曾为这个而鄙吝他给他人的同情心，他的性情，不曾为受了刺激而转变刻薄暴戾过，谁能不承认他有超人的宽量。

志摩的最动人的特点，是他那不可信的纯净的天真，对他的理想的愚诚，对艺术欣赏的认真，体会情感的切实，全是难能可贵到极点。他站在雨中等虹，他甘冒社会的大不韪争他的恋爱自由；他坐曲折的火车到乡间去拜哈代，他抛弃博士一类的引诱卷了书包到英国，只为要拜罗素做老师，他为了一种特异的境遇，一时特异的感动，从此在生命途中冒险，从此抛弃所有的旧业，只是尝试写几行新诗——这几年新诗尝试的运命并不太令人踊跃，冷嘲热骂只是家常便饭——他常能走几里路去采几茎花，费许多周折去看一个朋友说两句话；这些，还有许多，都不是我们寻常能够轻易了解的神秘。我说神秘，其实竟许是傻，是痴！事实上他只是比我们认真，虔诚到傻气，到痴！他愉快起来，他的快乐的翅膀可以碰得到天，他忧伤起来，他的悲戚是深得没有底。寻常评价的衡量在他手里失了效用，利害轻重他自有他的看法，纯是艺术的情感的脱离寻常的原则，所以往常人常听到朋友们说到他总爱带着嗟叹的口吻说：“那是志摩，你又有什么法子！”他真的是个怪人么？朋友们，不，一点都不是，他只是比我们近情，近理，比我们热诚，比我们天真，比我们对万物都更有信仰，对神，对人，对灵，对自然，对艺术！

朋友们，我们失掉的不只是一个朋友，一个诗人，我们丢掉的是个极难得可爱的人格。

至于他的作品全是抒情的么？他的兴趣只限于情感么？更是不对。志摩的兴趣是极广泛的。就有几件，说起来，不认得他的人便要奇怪。他早年很爱数学，他始终极喜欢天文，他对天上星宿的名字和部位就认得很多，最喜暑夜观星，好几次他坐火车都是带着关于宇宙的科学的书。他曾经疯过爱因斯坦的相对论，并且在一九二二年便写过一篇关于相对论的东西登在《民铎》杂志上。他常向思成说笑：“任公先生的相对论的知识还是从我徐君志摩大作上得来的呢，因为他说他看过许多关于爱因斯坦的哲学都未曾看懂，看到志摩的那篇才懂了。”今夏我在香山养病，他常来闲谈，有一天谈到他幼年上学的经过和美国克来克大学两年学经济学的景况，我们不禁对笑了半天，后来他在他的《猛虎集》的“序”里也说了那么一段。可是奇怪的！他不像许多天才，幼年里上学，不是不及格，便是被斥退，他是常得优等的，听说有一次康乃尔暑校里一个极严的经济教授还写了信去克来克大学教授那里恭维他的学生，关于一门很难的功课。我不是为志摩在这里夸张，因为事实上只有为了这桩事，今夏志摩自己便笑得不亦乐乎！

此外他的兴趣对于戏剧绘画都极深浓，戏剧不用说，与诗文是那么接近，他领略绘画的天才也颇可观，后期印象派的几个画家，他都有极精密的爱恶，对于文艺复兴时代那几位，他也很熟悉，他最爱波提切利和达·芬奇。自然他也常承认文人喜画常是间接地受了别人论文的影响，他的，就受了法兰（Roger Fry）和斐德（Walter Pater）的不少。对于建筑审美，他常常对思成和我道歉说："太对不起，我的建筑常识全是Ruskins那一套。"他知道我们是最讨厌Ruskins的。但是为看一个古建的残址，一块石刻，他比任何人都热心，都更能静心领略。

他喜欢色彩，虽然他自己不会作画，暑假里他曾从杭州给我几封信，他自己叫它们作"描写的水彩画"，他用英文极细致地写出西（边？）桑田的颜色，每一分嫩绿，每一色鹅黄，他都仔细地观察到。又有一次，他望着我园里一带断墙半晌不语，过后他告诉我说，他正在默默体会，想要描写那墙上向晚的艳阳和刚刚入秋的藤萝。

对于音乐，中西的他都爱好，不只爱好，他那种热心便唤醒过北平一次——也许唯一的一次——对音乐的注意。谁也忘不了那一年，客拉司拉到北平在"真光"拉一个多钟头的提琴。对旧剧他也得算"在行"，他最后在北平那几天我们曾接连地同去听好几出戏，回家时我们讨论得热闹，比任何剧评都诚恳都起劲。

谁相信这样的一个人，这样忠实于"生"的一个人，会这样早地永远地离开我们另投一个世界，永远地静寂下去，不再透些许声息！

我不敢再往下写，志摩若是有灵听到比他年轻许多的一个小朋友拿着老声老气的语调谈到他的为人不觉得不快么？这里我又来个极难堪的回忆，那一年他在这同一个的报纸上写了那篇伤我父亲惨故的文章，这梦幻似的人生转了几个弯，曾几何时，却轮到我在这风紧夜深里握笔吊唁他的惨变。这是什么人生？什么风涛？什么道路？志摩，你这最后的解脱未始不是幸福，不是聪明，我该当羡慕你才是。

我所见的叶圣陶

朱自清

他的和易出于天性，并非阅历世故，矫揉造作而成。他对于世间妥协的精神是极厌恨的。

我第一次与圣陶见面是在民国十年的秋天。那时刘延陵兄介绍我到吴淞炮台湾中国公学教书。到了那边，他就和我说："叶圣陶也在这儿。"我们都念过圣陶的小说，所以他这样告我。我好奇地问道："怎样一个人？"出乎我的意外，他回答我："一位老先生哩。"但是延陵和我去访问圣陶的时候，我觉得他的年纪并不老，只那朴实的服色和沉默的风度与我们平日所想象的苏州少年文人叶圣陶不甚符合罢了。

记得见面的那一天是一个阴天。我见了生人照例说不出话；圣陶似乎也如此。我们只谈了几句关于作品的泛泛的意见，便告辞了。延陵告诉我每星期六圣陶总回甪直去；他很爱他的家。他在校时常邀延陵出去散步；我因与他不熟，只独自坐在屋里。不久，中国公学忽然起了风潮。我向延陵说起一个强硬的办法——实在是一个笨而无聊的办法——我说只怕叶圣陶未必赞成。但是出乎我的意外，他居然赞成了！后来细想他许是有意优容我们吧，这真是老大哥的态度呢。我们的办法天然是失败了，风潮延宕下去，于是大家都住到上海来。我和圣陶差不多天天见面，同时又认识了西谛、予同诸兄，这样经过了一个月。这一个月实在是我的很好的日子。

我看出圣陶始终是个寡言的人。大家聚谈的时候，他总是坐在那里听着。他却并不是喜欢孤独，他似乎老是那么有味地听着。至于与人独对的时候，自然多少要说些话，但辩论是不来的。他觉得辩论要开始了，往往微笑着说："这个弄不大清楚了。"这样就过去了。他又是个极和易的人，轻易看不见他的怒色。他辛辛苦苦保存着的《晨报》副刊，上面有他自己的文字的，特地从家里捎来给我看；让我随便放在一个书架上，给散失了。当他和我同时发现这件事时，他只略露惋惜的颜色，随即说："由他去末哉，由他去末哉！"我是至今惭愧着，因为我知道他作文是不留稿的。他的和易出于天性，并非阅历世故，矫揉造作而成。他对于世间妥协的精神是极厌恨的。在这一月中，我看见他发过一次怒——始终我只看见他发过这一次怒——那便是对于风潮的妥协论者的蔑视。

风潮结束了，我到杭州教书。那边学校当局要我约圣陶去。圣陶来信说："我们要痛痛快快游西湖，不管这是冬天。"他来了，教我上车站去接。我知道他到了车站这一类地方，是会觉得寂寞的。他的家实在太好了，他的衣着，一向都是家里管。我常想，他好像一个小孩子，像小孩子的天真，也像小孩子的离不开家里人。必须离开家里人时，他也得找些熟朋友伴着，孤独在他简直是有些可怕的。所以他到校时，本来是独住一屋的，却愿意将那间屋做我们两人的卧室，而将我那间做书室，这样可以常常相伴，我自然也乐意。我们不时到西湖边去，有时下湖，有时只喝喝酒。在校时各据一桌，我只预备功课，他却老是写小说和童话。初到时，学校当局来看过他。第二天，我问他："要不要去看看他们？"他皱眉道："一定要去么？等一天吧。"后来始终没有去。他是最反对形式主义的。

那时他小说的材料，是旧日的储积；童话的材料有时却是片刻的感兴。如《稻草人》中《大喉咙》一篇便是。那天早上，我们都醒在床上，听见工厂的汽笛，他便说："今天又有一篇了，我已经想好了，来得真快呵。"那篇的艺术很巧，谁想他只是片刻的构思呢！他写文字时，往往拈笔伸纸，便手不停挥地写下去，开始及中间，停笔踌躇时绝少。他的稿子极清楚，每页至多只有三五个涂改的字。他说他从来是这样的。每篇写毕，我自然先睹为快，他往往称述结尾的适宜，他说对于结尾是有些把握的。看完，他立即封寄《小说月报》，照例用平信寄。我总劝他挂号，但他说："我老是这样的。"他在杭州不过两个月，写的真不少，教人羡慕不已。《火灾》里从《饭》起到《风潮》这七篇，还有《稻草人》中一部分，都是那时我亲眼看他写的。

在杭州待了两个月，放寒假前，他便匆匆地回去了。他实在离不开家，临去时让我告诉学校当局，无论如何不回来了。但他却到北平住了半年，也是朋友拉去的。我前些日子偶翻十一年的《晨报副刊》，看见他那时途中思家的小诗，重念了两遍，觉得怪有意思。北平回去不久，便入了商务印书馆编译部，家也搬到上海。从此在上海待下去，直到现在——中间又被朋友拉到福州一次，有一篇《将离》抒写那回的别恨，是缠绵悱恻的文字。这些日子，我在浙江乱跑，有时到上海小住，他常请了假和我各处玩儿或喝酒。有一回，我便住在他家，但我到上海，总爱出门，因此他老说没有能畅谈。他写信给我，老说这回来要畅谈几天才行。

十六年一月，我接眷北来，路过上海，许多熟朋友和我饯行，圣陶也在。那晚我们痛快地喝酒，发议论，他是照例地默着。酒喝完了，又去乱走，他也跟着。到了一处，朋友们和他开了个小玩笑，他脸上略露窘意，但仍微笑地默着。圣陶不是个浪漫的人，在一种意义上，他正是延陵所说的“老先生”。但他能了解别人，能谅解别人，他自己也能“作达”，所以仍然——也许格外——是可亲的。那晚快夜半了，走过爱多亚路，他向我诵周美成的词，“酒已都醒，如何消夜永！”我没有说什么，那时的心情，大约也不能说什么的。我们到一品香又消磨了半夜。这一回特别对不起圣陶，他是不能少睡觉的人。他家虽住在上海，而起居还依着乡居的日子，早七点起，晚九点睡。有一回我九点十分去，他家已熄了灯，关好门了。这种自然的、有秩序的生活是对的。那晚上伯祥说：“圣兄明天要不舒服了。”想起来真是不知要怎样感谢才好。

第二天我便上船走了，一眨眼三年半，没有上南方去。信也很少，却全是我的懒。我只能从圣陶的小说里看出他心境的变迁，这个我要留在另一文中说。圣陶这几年里似乎到十字街头走过一趟，但现在怎么样呢？我却不甚了然。他从前晚饭时总喝点酒，“以半醺为度”；近来不大能喝酒了，却学了吹笛——前些日子说已会一出《八阳》，现在该又会了别的了吧。他本来喜欢看看电影，现在又喜欢听听昆曲了。但这些都不是“厌世”，如或人所说的，陶是不会厌世的，我知道。又，他虽会喝酒，加上吹笛，却不曾抽什么“上等的纸烟”，也不曾住过什么“小小别墅”，如或人所想的，这个我也知道。

悼念沈从文先生

季羡林

像他这样一个有特殊风格的人，现在很难找到了。我只觉得大地茫茫，顿生凄凉之感。我没有别的本领，只能把自己的忧思从心头移到纸上，如此而已。

去年有一天，老友肖离打电话告诉我，从文先生病危，已经准备好了后事。我听了大吃一惊，悲从中来。一时心血来潮，提笔写了一篇悼念文章，自诧为倚马可待，情文并茂。然而，过了几天，肖离又告诉我说，从文先生已经脱险回家。我心里一块石头落了地，又窃笑自己太性急，人还没去，就写悼文，实在非常可笑。我把那一篇“杰作”往旁边一丢，从心头抹去了那一件事，稿子也沉入书山稿海之中，从此“云深不知处”了。

到了今年，从文先生真正去世了。我本应该写点什么的。可是，由于有了上述一段公案，懒于再动笔，一直拖到今天。同时我注意到，像沈先生这样一个人，悼念文章竟如此之少，有点不太正常，我也有点不平。考虑再三，还是自己披挂上马吧。

我认识沈先生已经五十多年了。当我还是

一个大学生的时候，我就喜欢读他的作品。我觉得，在所有的并世的作家中，文章有独立风格的人并不多见。除了鲁迅先生之外，就是从文先生。他的作品，只要读上几行，立刻就能辨认出来，决不含糊。他出身湘西的一个破落小官僚家庭，年轻时当过兵，没有受过多少正规的教育。他完全是自学成家。湘西那一片有点神秘的土地，其怪异的风土人情，通过沈先生的笔而大白于天下。湘西如果没有像沈先生这样的大作家和像黄永玉先生这样的大画家，恐怕一直到今天还是一片充满了神秘的terra incognita（没有人了解的土地）。

我同沈先生打交道，是通过一件不大不小的事情。丁玲的《母亲》出版以后，我读了觉得有一些意见要说，于是写了一篇书评，刊登在郑振铎、靳以主编的《文学季刊》创刊号上。刊出以后，我听说，沈先生有一些意见。我于是立即写了一封信给他，同时请郑先生在《文学季刊》创刊号再版时，把我那一篇书评抽掉。也许就是由于这一个不能算是太愉快的因缘，我们就认识了。我当时是一个穷学生，沈先生是著名的作家。社会地位，虽不能说如云泥之隔，毕竟差一大截子。可是他一点名作家的架子也不摆，这使我非常感动。他同张兆和女士结婚，在北京前门外大栅栏撷英番菜馆设盛大宴席，我居然也被邀请。当时出席的名流如云。证婚人好像是胡适之先生。

从那以后，有很长的时间，我们并没有多少接触。我到欧洲去住了将近十一年。他在抗日烽火中在昆明住了很久，在西南联大任国文系教授。彼此音问断绝。他的作品我也读不到了。但是，有时候，不知是出于什么原因，我在饥肠辘辘、机声嗡嗡中，竟会想到他。我还是非常怀念这一位可爱、可敬、淳朴、奇特的作家。

一直到一九四六年夏天，我回到祖国。这一年的深秋，我终于又回到了别离了十几年的北平。从文先生也于此时从云南复员来到北大，我们同在一个学校任职。当时我住在翠花胡同，他住在中老胡同，都离学校不远，因此我们也相距很近。见面的次数就多了起来。他曾请我吃过一顿相当别致、毕生难忘的饭：云南有名的汽锅鸡。锅是他从昆明带回来的，外表看上去像宜兴紫砂，上面雕刻着花卉书法，古色古香，虽系厨房用品，然却古朴高雅，简直可以成为案头清供，与商鼎周彝斗艳争辉。

就在这一次吃饭时，有一件小事给我留下了深刻的印象。当时要解开一个用麻绳捆得紧紧的什么东西。只需用剪子或小刀轻轻地一剪一割，就能开开。然而从文先生却抢了过去，硬是用牙把麻绳咬断。这一个小小的举动，有点粗劲，有点蛮劲，有点野劲，有点土劲，并不高雅，并不优美。然而，它却完全透露了沈先生的个性。在达官贵人、高等华人眼中，这简直非常可笑，非常可鄙。可是，我欣赏的却正是这一种劲头。我自己也许就是这样一个“土包子”，虽然同那一些只会吃西餐、穿西装、半句洋话也不会讲偏又自认为是“洋包子”的人比起来，我并不觉得低他们一等。不是有一些人也认为沈先生是“土包子”吗？

还有一件小事，也使我忆念难忘。有一次我们到什么地方去游逛，可能是中山公园之类。我们要了一壶茶。我正要拿起壶来倒茶，沈先生连忙抢了过去，先斟出了一杯，又倒入壶中，说只有这样才能把茶味调得均匀。这当然是一件微不足道的小事，然而在琐细中不是更能看到沈先生的精神吗？

小事过后，来了一件大事：我们共同经历了北平的解放。在这个关键时刻，我并没有听说，从文先生有逃跑的打算。他的心情也是激动的，虽然他并不故做革命状，以达到某种目的，他仍然是朴素如常。可是厄运还是降临到他头上来。一个著名的马列主义文艺理论家，在香港出版的一个进步的文艺刊物上，发表了一篇长文，题目大概是什么《文坛一瞥》之类，前面有一段相当长的修饰语。这一位理论家视觉似乎特别发达，他在文坛上看出了许多颜色。他"一瞥"之下，就把沈先生"瞥"成了粉红色的小生。我没有资格对这一篇文章发表意见。但是，沈先生好像是当头挨了一棒，从此被"瞥"下了文坛，销声匿迹，再也不写小说了。

一个惯于舞笔弄墨的人，一旦被剥夺了写作的权利，他心里是什么滋味，我说不清；他有什么苦恼，我也说不清。然而，沈先生并没有因此而消沉下去。文学作品不能写，还可以干别的事嘛。他是一个精力旺盛的人，他是一个闲不住的人，他转而研究起中国古代的文物来，什么古纸、古代刺绣、古代衣饰等等，他都研究。凭了他那一股惊人的钻研的能力，过了没有多久，他就在新开发的领域内取得了可喜的成绩。他那一本讲中国服饰史的书，出版以后，洛阳纸贵，受到国内外一致的高度的赞扬。他成了这方面权威。他自己也写章草，又成了一个书法家。

有点讽刺意味的是，正当他手中的写小说的笔被"瞥"掉的时候，从国外沸沸扬扬传来了消息，说国外一些人士想推选他做诺贝尔文学奖的候选人。我在这里着重声明一句，我们国内有一些人特别迷信诺贝尔奖，迷信的劲头，非常可笑。试拿我们中国没有得奖的那几位文学巨匠同已经得奖的欧美的一些作家来比一比，其差距简直有如高山与小丘。同此辈争一日之长，有这个必要吗！推选沈先生当候选人的事是否进行过，我不得而知。沈先生怎样想，我也不得而知。我在这里提起这一件事，只不过把它当作沈先生一生中一个小小的插曲而已。

我曾在几篇文章中都讲到，我有一个很大的缺点（优点？），我不喜欢拜访人。有很多可尊敬的师友，比如我的老师朱光潜先生、董秋芳先生等等，我对他们非常敬佩，但在他们健在时，我很少去拜访。对沈先生也一样。偶尔在什么会上，甚至在公共汽车上相遇，我感到非常亲切，他好像也有同样的感情。他依然是那样温良、淳朴，时代的风风雨雨在他身上，似乎没有留下什么痕迹，说白了就是没有留下伤痕。一谈到中国古代科技、艺术等等，他就喜形于色，眉飞色舞，娓娓而谈，如数家珍，天真得像一个大孩子。这更增加了我对他的敬意。我心里曾几次动过念头：去看一看这一位可爱的老人吧！然而，我始终没有行动。现在人天隔绝，想见面再也不可能了。

有生必有死，是大自然的规律。我知道，这个规律是违抗不得的，我也从来没有想去违抗。古代许多圣君贤相，聪明一世，糊涂一时，想方设法，去与这个规律对抗，妄想什么长生不老，结果却事与愿违，空留下一场笑话。这一点我很清楚。但是，生离死别，我又不能无动于衷。古人云：太上忘情。我是一个微不足道的凡人，无论如何也做不到忘情的地步，只有把自己钉在感情的十字架上了。我自谓身体尚颇硬朗，并不服老。然而，曾几何时，宛如黄粱一梦，自己已接近耄耋之年。许多可敬可爱的师友相继离我而去。此情此景，焉能忘情？现在从文先生也加入了去者的行列。他一生安贫乐道，淡泊宁静，死而无憾矣。对我来说，忧思却着实难以排遣。像他这样一个有特殊风格的人，现在很难找到了。我只觉得大地茫茫，顿生凄凉之感。我没有别的本领，只能把自己的忧思从心头移到纸上，如此而已。

我所景仰的蔡先生之风格

傅斯年

蔡先生实在代表两种伟大的文化，一是中国传统圣贤之修养，一是法兰西革命中标揭自由平等博爱之理想，此两种伟大文化，具其一已难，兼备尤不可。

有几位北大同学鼓励我在日本特刊中写一篇蔡先生的小传。我以为能给蔡先生写传，无论为长久或为一时，都是我辈最荣幸的事。不过，我不知我有无此一能力。且目下毫无资料，无从着笔，而特刊又急待付印，所以我今天只能写此一短文。至于编辑传记的资料，是我的志愿，而不是今天便能贡献给读者的。

凡认识蔡先生的，总知道蔡先生宽以容众，受教久的，更知道蔡先生的脾气，不但不严责人，并且不滥奖人，不像有一种人的脾气，称扬则上天，贬责则入地。但很少人知道，蔡先生有时也很严词责人。我以受师训备僚属有二十五年之长久，颇见到蔡先生生气责人的事。他人的事我不敢说，说和我有关的。

（一）蔡先生到北大的第一年中，有一个同学，长成一副小官僚的面孔，又做些不满人意的事，于是同学某某在西斋（寄宿舍之一）壁上贴了一张“讨伐”的告示；两天之内，满墙上出了无穷的匿名文件，把这个同学骂了个“不亦乐乎”。其中也有我的一件，因为我也极讨厌此人，而我的匿名揭帖之中，表面上都是替此君抱不平，深的语意，却是挖苦他。为同学们赏识，在其上浓圈密点，批评狼藉。这是一时学校中的大笑话。过了几天，蔡先生在一大会中演说，最后说到此事，大意是说：

诸位在墙壁上攻击□□君的事，是不合做人的道理的。诸君对□君有不满，可以规劝，这是同学的友谊。若以为不可规劝，尽可对学校当局说。这才是正当的办法。至于匿名揭帖，受之者纵有过，也绝不易悔改，而施之者则为丧失品性之开端。凡做此事者，以后都要痛改前非，否则这种行动，必是品性沉沦之渐。

这一篇话，在我心中生了一个大摆动。我小时，有一位先生教我“正心”“诚意”“不欺暗室”，虽然《大学》念得滚熟，却与和尚念经一样，毫无知觉；受了此番教训，方才大彻大悟，从此做事，绝不匿名，绝不推自己责任。大家听蔡先生这一段话之后印象如何我不得知，北大的匿名“壁报文学”从此减少，几至绝了迹。

（二）蔡先生第二次游德国时，大约是在民国十三年吧，那时候我也是在柏林。蔡先生到后，我们几个同学自告奋勇照料先生，凡在我的一份中，无事不办了一个稀糟。我自己自然觉得非常惭愧，但蔡先生从无一毫责备。有一次，一个同学给蔡先生一个电报，说是要从莱比锡来看蔡先生。这个同学出名的性情荒谬，一面痛骂，一面要钱，我以为他此行必是来要钱，而蔡先生正是穷得不得了，所以与三四同学主张去电谢绝他，以此意陈告先生。先生沉吟一下说：“《论语》上有几句话，‘与其进也，不与其退也，唯何甚？人洁己以进，与其洁也，不保其往也。’你说他无聊，但这样拒人于千里之外，他能改了他的无聊吗？”

于是我又知道读《论语》是要这样读的。

（三）北伐胜利之后，我们的兴致很高。有一天在先生家中吃饭，有几个同学都喝醉了酒，蔡先生喝得更多，不记得如何说起，说到后来我便肆口乱说了。我说：“我们国家整好了，不但要灭了日本小鬼，就是西洋鬼子，也要把他赶出苏黎世运河以西，自北冰洋至南冰洋，除印度、波斯、土耳其以外，都要‘郡县之’。”蔡先生听到这里，不耐烦了，说：“这除非你做大将。”

此外如此类者尚多，或牵连他人，或言之太长，姑不提。即此三事，已足证先生责人之态度是如何诚恳而严肃的，如何词近而旨远的。

蔡先生之接物，有人以为滥，这全不是事实，是他在一种高深的理想上，与众不同。大凡中国人以及若干人，在法律之应用上，是先假定一个人有罪，除非证明其无罪；西洋近代之法律是先假定一人无罪，除非证明其有罪。蔡先生不但在法律上如此，一切待人接物，无不如此。他先假定一个人是善人，除非事实证明其不然。凡有人以一说进，先假定其意诚，其动机善，除非事实证明其相反。如此办法，自然要上当，但这正是孟子所谓“君子可欺以其方，难罔以非其道”了。

若以为蔡先生能恕而不能严，便是大错了，蔡先生在大事上是丝毫不苟的。有人若做了他以为大不可之事，他虽不说，心中却完全当数。至于临艰危而不惧，有大难而不惑之处，只有古之大宗教家可比，虽然他是不重视宗教的。关于这一类的事，我只举一个远例。

在五四前若干时，北京的空气，已为北大师生的作品动荡得很了。北洋政府很觉得不安，对蔡先生大施压力与恫吓，至于侦探之跟随，是极小的事了。有一天晚上，蔡先生在他当时的一个“谋客”家中谈起此事，还有一个谋客也在。当时蔡先生有此两谋客，专商量如何对付北洋政府的，其中的那个老谋客说了无穷的话，劝蔡先生解陈独秀先生之聘，并要约制胡适之先生一下，其理由无非是要保存机关，保存北方读书人，一类似是而非之谈。蔡先生一直不说一句话。直到他们说了几个钟头以后，蔡先生站起来说：“这些事我都不怕，我忍辱至此，皆为学校，但忍辱是有止境的。北京大学一切的事，都在我蔡元培一人身上，与这些人毫不相干。”这话在现在听来或不感觉如何，但试想当年的情景，北京城中，只是此北洋军匪、安福贼徒、袁氏遗孽，具人形之识字者，寥寥可数，蔡先生一人在那里办北大，为国家种下读书爱国革命的种子，是何等大无畏的行事！

蔡先生实在代表两种伟大的文化，一是中国传统圣贤之修养，一是法兰西革命中标揭自由平等博爱之理想，此两种伟大文化，具其一已难，兼备尤不可。先生殁后，此两种文化在中国之气象已亡矣！至于复古之论，欧化之谈，皆皮毛渣滓，不足论也。

李叔同

夏丏尊

弘一法师出家后，刻苦修行，治梵典勤且笃，和太虚法师那些吹法螺的上人又不相同。他在和尚队中，该是十分孤独寂寞的罢！

五四前后中年人的寂寞、苦闷，在我们年轻的人是不大了解的。五四狂潮中，记得有一天晚上，沈仲九先生亲切地告诉我们：“弘一法师（李叔同先生法名）若是到了现在，也不会出家了。”可是李叔同先生的出家，我们只当作一种谈助，他心底的谜，我们是猜不透的。

在我们教师中，李叔同先生最不会使我们忘记。他从来没有怒容，总是轻轻地像母亲一般吩咐我们。我曾经早晨三点钟起床练习弹琴，因为一节进行曲不会弹熟；他就这样旋转着我们的意向。同学中也有愿意跟他到天边的，也有立志以艺术作终身事业的，他给每个人以深刻的影响。伺候他的茶房，先意承志，如奉慈亲。想明道先生“录满窗前草不除”的融和境界，大抵若此。

“我们的李先生”（同学间的称呼），能绘画，能弹琴作曲，字也写得很好，旧体诗词造诣极深，在东京时曾在春柳社演过茶花女，这样艺术全才，人总以为是个风流蕴藉的人。谁知他性情孤僻，律己极严，在外和朋友交际的事，从来没有，狷介得和白鹤一样。他来杭州第一师范担任艺术教师，已是中年了，长斋礼佛，焚香诵经，已经过居士的生活。民国六年，他忽然到西湖某寺去静修，绝食十四天，神色依然温润。其明年四月，他乃削发入山，与俗世远隔了。我们偶尔在玉泉寺遇到他，合十以外，亦无他语。有时走过西泠印社，看见崖上的印藏，指以相告，曰："这是我们李先生的。"那时彼此虽觉得失了敬爱的导师的寂寞，可也没有别的人生感触。后来五四大潮流来了，大家欢呼于狂涛之上，李先生的影子渐渐地淡了，远了。

近来忽然，从镜子里照见我自己的灵魂，五四的狂热日淡，厌世之念日深，不禁重复唤起李先生的影子来了。友人缘缘堂主和弘一法师过从最密，他差不多走完了李先生那一段路程，将以削发入山为其终结了。我乃重新来省察李先生当时的心境。李先生之于人，不以辩解，微笑之中，每蕴至理，我乃求之于其灵魂所寄托的歌曲。在我们熟练的歌曲中，落花、月、晚钟三歌正代表他心灵的三个境界。落花代表第一境界：

纷，纷，纷，纷，纷，纷，……
惟落花委地无言兮，化作泥尘；
寂，寂，寂，寂，寂，寂，……
何春光找逝不归兮，永绝消息。
忆春风之日暝，芳菲菲以争妍；
既乘荣以发秀，倏条节易而时迁，春残。

览落红之辞枝兮，伤花事其阑珊；
已矣！春秋其代序以递嬗兮，念迟暮，
荣枯不须臾，盛衰有常数！
人生之浮华若朝露兮，泉壤与哀；
朱华易消歇，青春不再来！

这是他中年后对于生命无常的感触，那时期他是非常苦闷的，艺术虽是心灵寄托的深谷，而他还觉得没有着落似的。不久，他静悟到另一境界，那便是月所代表的境界：

仰碧空明明，朗月悬太清；
瞰下界扰扰，尘欲迷中道！
惟愿灵光普万方，荡涤垢滓扬芬芳。
虚渺无极，圣洁神秘，灵光常仰望！

他既作此超现实的想望，把心灵寄托于彼岸，顺理成章，必然地走到晚钟的境界：

大地沉沉落日眠，平墟漠漠晚烟残；
幽鸟不鸣暮色起，万籁俱寂丛林寒。
浩荡飘风起天杪，摇曳钟声出尘表；
绵绵灵响彻心弦，幻幻幽思凝冥杳。
众生病苦谁持扶？尘网颠倒泥涂淤。
惟神悯恤敷大德，拯吾罪恶成正觉；

誓心稽首永皈依，暝暝入定陈虔祈。
倏忽光明烛太虚，云端仿佛天门破；
庄严七宝迷氤氲，瑶华翠羽垂缤纷。
浩灵光兮朝圣真，拜手承神恩！
仰天衢兮瞻慈云，忽现忽若隐！
钟声沈暮天，神恩永存在，
神之恩，大无外！

弘一法师出家后，刻苦修行，治梵典勤且笃，和太虚法师那些吹法螺的上人又不相同。他在和尚队中，该是十分孤独寂寞的罢！

相传弘一法师近来衰病日侵，他对于生命的究竟当有更深切的了悟，唯这涅境方是真解脱，我们祝福他！

忆沈从文

梁实秋

从文一方面很有修养，一方面也很孤僻，不失为一个特立独行之士。像这样不肯随波逐流的人，如何能不做了时代的牺牲？

一九六八年六月九日《中央日报》方块文章井心先生记载着："以写作手法新颖，自成一格……的作者沈从文……""他出身行伍，而以文章闻名；自称小兵，而面目姣好如女子，说话、态度尔雅、温文……""他写得一手娟秀的《灵飞经》……"这几句话描写得确切而生动，使我想起沈从文其人。

我现在先发表他一封信，大概是民国十九年间他在上海时候写给我的。信的内容没有什么可注意的，但是几个字写得很挺拔而俏丽。他最初以"休芸芸"的笔名向《晨报副镌》投稿时，用细尖钢笔写的稿子就非常的出色，徐志摩因此到处揄扬他。后来他写《阿丽丝中国游记》分期刊登《新月》，我才有机会看到他的笔迹，果然是秀劲不凡。

从文虽然笔下洋洋洒洒，却不健谈，见了人总是低着头羞答答的，说话也是细声细气。关于他“出身行伍”的事他从不多谈。他在十九年三月写过一篇《从文自序》，关于此点有清楚的交代，他说：“因为生长地方为清时屯戍重镇，绿营制度到近年尚依然存在，故于过去祖父曾人军籍，做过一次镇守使，现在兄弟及父亲皆仍在军籍中做中级军管。因地方极其偏僻，与苗民杂处聚居，教育文化皆极低落，故长于其环境中的我，幼小时显出生命的那一面，是放荡与诡诈。十二岁我曾受过关于军事的基本训练，十五岁时随军外出曾做上士。后到沅州，为一城区屠宰收税员，不久又以书记名义，随某剿匪部队在川、湘、鄂、黔四省边上放纵野蛮过约三年。因身体衰弱，年龄渐长，从各种生活中养成了默想与体会人生趣味的习惯，对于过去生活有所怀疑，渐觉自己在一陌生事业上努力之必要。因这憧憬的要求，糊糊涂涂地到了北京。”这便是他早年从军经过的自白。

由于徐志摩的吹嘘，胡适之先生请他到中国公学教国文，这是一件极不寻常的事，因为一个没有正常的适当的学历资历的青年而能被人赏识于牝牡骊黄之外，是很不容易的。从文初登讲坛，怯场是意中事，据他自己说，上课之前做了充分准备，以为资料足供一小时使用而有余，不料面对黑压压一片人头，三言两语地就把要说的话都说完了，剩下许多时间非得临时编造不可，否则就要冷场，这使他颇为受窘。一位教师不善言辞，不算是太大的短处，若是没有足够的学识便难获得大家的敬服。因此之故，从文虽然不是顶会说话的人，仍不失为成功的受欢迎的教师。记问之学不足以为人师，需要有启发别人的力量才不愧为人师，在这一点上从文有他独到之处，因为他有丰富的人生经验和好学深思的性格。

在中国公学这一段时间，他最大的收获大概是他的婚姻问题的解决。英语系的女生张兆和女士是一个聪明用功而且秉性端庄的小姐，她的家世很好，多才多艺的张充和女士便是她的胞姊。从文因授课的关系认识了她，而且一见钟情。凡是沉默寡言的人，一旦堕入情网，时常是一往情深，一发而不可收拾。从文尽管颠倒，但是没有得到对方青睐。他有一次急得想要跳楼。他本有流鼻血的毛病，几番挫折之后苍白的面孔愈发苍白了。他会写信，以纸笔代喉舌。张小姐实在被缠不过，而且师生恋爱声张开来也是令人很窘的，于是有一天她带着一大包从文写给她的信去谒见胡校长，请他做主制止这一扰人举动的发展。她指出了信中这样的一句话："我不仅爱你的灵魂，我也要你的肉体。"她认为这是侮辱。胡先生皱着眉头，板着面孔，细心听她陈述，然后绽出一丝笑容，温和地对她说："我劝你嫁给他。"张女士吃了一惊，但是禁不住胡先生诚恳的解说，居然急转直下默不作声地去了。胡先生曾自诩善于为人作伐，从文的婚事得谐便是他常常乐道的一例。

在青岛大学从文教国文，大约一年多就随杨振声（今甫）先生离开青岛到北平居住。今甫到了夏季就搬到颐和园赁屋消暑，和他做伴的一位干女儿，自称过的是帝王生活，优哉游哉地享受那园中的风光湖色。此时从文给今甫做帮手，编中学国文教科书，所以也常常在颐和园出出进进。书编得很精彩，偏重于趣味，可惜不久抗战军兴，书甫编竣，已不合时代需要，故从未印行。

从文一方面很有修养，一方面也很孤僻，不失为一个特立独行之士。像这样不肯随波逐流的人，如何能不做了时代的牺牲？他的作品有四十几种，可谓多产，文笔略带欧化语气，大约是受了阅读翻译文学作品的影响。

此文写过，又不敢相信报纸的消息，故未发表。读聂华苓女士作《沈从文评传》（英文本，一九七二年纽约 Twayne Publishers 出版），果然好像从文尚在人间。人的生死可以随便传来传去，真是人间何世！

怀念曹禺

巴金

整整一个夏天，他写出了他所有的爱和痛苦。那些充满激情的优美的台词，是从他心底深处流淌出来的，那里面有他的爱，有他的恨，有他的眼泪，有他的灵魂的呼号。他为自己的真实感情奋斗。

一

家宝逝世后，我给李玉茹、万方发了个电报：“请不要悲痛，家宝并没有去，他永远活在观众和读者的心中！”话很平常，不能表达我的痛苦，我想多说一点，可颤抖的手捏不住小小的笔，许许多多的话和着眼泪咽进了肚里。

躺在病床上，我经常想起家宝。六十几年的往事历历在目。

北平三座门大街14号南屋，故事是从这里开始。靳以把家宝的一部稿子交给我看，那时家宝还是清华大学的一个学生。在南屋客厅旁那间蓝红糊壁的阴暗小屋里，我一口气读完了数百页的原稿。一幕人生的大悲剧在我面前展开，我被深深地震动了！就像从前看托尔斯泰的小说《复活》一样，剧本抓住了我的灵魂，我为它落了泪。我曾这样描述过我当时的心情：“不错，我流过泪，但是落泪之后我感到一阵舒畅，而且我还感到一种渴望，一种力量在身内产生了，我想做一件事情，一件帮助人的事情，我想找个机会不自私地献出我的精力。《雷雨》是这样地感动过我。”然而，这却是我从靳以手里接过《雷雨》手稿时所未曾料到的。我由衷佩服家宝，他有大的才华，我马上把我的看法告诉靳以，让他分享我的喜悦。《文学季刊》破例一期全文刊载了《雷雨》，引起广大读者的注意。第二年，我旅居日本，在东京看了由中国留学生演出的《雷雨》，那时候，《雷雨》已经轰动。我连着看了三天戏，我为家宝高兴。

1936年靳以在上海创刊《文学季刊》，家宝在上面连载四幕剧《日出》，同样引起轰动。1937年靳以创办《文丛》，家宝发表了《原野》。我和家宝一起在上海看了《原野》的演出，这时，抗战爆发了。家宝在南京教书，我在上海文化生活出版社，这以后，我们失去了联系。但是我仍然有机会把他的一本本新作编入《文学丛刊》介绍给读者。

1940年，我从上海到昆明，知道家宝的学校已经迁至江安，我可以去看他了。我在江安待了六天，住在家宝家的小楼里。那地方真清静，晚上七点后街上就一片黑暗。我常常和家宝一起聊天，我们隔了一张写字台对面坐着。谈了许多事情，交出了彼此的心。那时他处在创作旺盛时期，接连写出了《蜕变》《北京人》，我们谈起正在上海上演的《家》（由吴天改编，上海剧艺社演出），他表示他也想改编。我鼓励他试一试。他有他的“家”，他有他个人的情感，他完全可以写一部他的《家》。1942年，在泊在重庆附近的一条江轮上，家宝开始写他的《家》。整整一个夏天，他写出了他所有的爱和痛苦。那些充满激情的优美的台词，是从他心底深处流淌出来的，那里面有他的爱，有他的恨，有他的眼泪，有他的灵魂的呼号。他为自己的真实感情奋斗。我在桂林读完他的手稿，不能不赞叹他的才华，他是一位真正的艺术家！我当时就想写封信给他，希望他把心灵的宝贝都掏出来，可这封信一拖就是很多年，直到1978年，我才把我心里想说的话告诉他。但这时他已经满身创伤，我也伤痕遍体了。

二

1966年夏天，我们参加了亚非作家北京紧急会议。那时“文革”已经爆发。一连两个多月，我和家宝在一起工作，我们去唐山，去武汉，去杭州，最后大会在上海闭幕。送走了外宾，我们的心情并没有轻松，家宝马上要回北京参加运动，我也得回机关学习，我们都不清楚等待我们的将是什么。分手时，两人心里都有很多话，可是却没有机会说出来。这之后不久，我们便都进了“牛棚”。等到我们再见面，已是12年后了。我失去了萧珊，他失去了方瑞，两个多么善良的人！

在难熬的痛苦的长夜，我也想念过家宝，不知他怎么挨过这段艰难的日子，听说他靠安眠药度日，我很为他担心。我们终于还是挺过来了。相见时没有大悲大喜，几句简简单单的话说尽了千言万语。我们都想向前看，甚至来不及抚平身上的伤痛，就急着要把失去的时间追回来。我有不少东西准备写，他也有许多创作计划。当时他已完成了《王昭君》，我希望他把《桥》写完。《桥》是他在抗战胜利前不久写的，只写了两幕，后来他去美国讲学就搁下了。他也打算续写《桥》，以后几次来上海收集材料。那段时候，我们谈得很多。他时常报怨，不能做自己想做的事情。我劝他少些顾虑，少开会，少写表态文章，多给后人留一点东西。我至今怀念那些日子：我们两人一起游豫园，走累了便在湖心亭喝茶，到老板店吃“糟钵头”；我们在北京逛东风市场，买几根棒冰，边走边吃，随心所欲地闲聊。那时我们头上还没有这么多头衔，身也少有干扰，脚步似乎还算轻松，我们总认为我们还能做许多事情，那感觉就好像又回到了30年代北平三座门大街。

但是，我们毕竟老了。被损坏的肌体不可能再回复到原貌。眼看着精力一点一点从我们身上消失，病魔又缠住了我们，笔在我们手里一天天重起来，那些美好的计划越来越遥远，最终成了不可触摸的梦。我住进了医院，不久，家宝也离不开医院了。起初我们还有机会住在同一家医院，每天一起在走廊上散步，在病房里倾谈往事。我说话有气无力，他耳朵更加聋了，我用力大声说，他还是听不明白，结果常常是各说各的。但就是这样，我们仍然了解彼此的心。

我的身体越来越差，他的病情也加重了。我去不了北京，他无法来上海，见面成了奢望，我们只能靠通信互相问好。1993年，一些热心的朋友想创造条件让我们在杭州会面，我期待着这次聚会，结果因医生不同意，家宝没能成行。这年的中秋之夜，我在杭州和他通了电话，我清清楚楚地听到他的声音，还是那么响亮，中气十足。我说：“我们共有一个月亮。”他说：“我们共吃一个月饼。”这是我最后一次听到他的声音。

三

我和家宝都在与疾病斗争。我相信我们还有时间。家宝小我六岁，他会活得比我长久。我太自信了。我心里的一些话，本来都可以讲出来，他不能到杭州，我可以争取去北京，可以和他见一面，和他话别。

消息来得太突然。一屋子严肃的面容，让我透不过气。我无法思索，无法开口，大家说了很多安慰的话，可我脑子里却是一片片空白。我不能接受这个事实，前些天北京来的友人还告诉我，家宝健康有好转，他写了发言稿，准备出席六次文代会的开幕式。仅仅只过了几天！李玉茹在电话里说，家宝走得很安详，是在睡梦中平静地离去了。那么他是真的走了。

十多年前家宝在给我的一封信中，写了这样的话：“我要死在你的面前，让痛苦留给你……”我想，他把痛苦留给了他的朋友，留给了所有爱他的人，带走了他心灵中的宝贝，他真能走得那样安详吗？

忆冰心（节选）

梁实秋

我逐渐觉得她不是恃才傲物的人，不过对人有几分矜持，至于她的胸襟之高超，感觉之敏锐，性情之细腻，均非一般人所可企及。

顾一樵先生来，告诉我冰心[①]和老舍先后去世。我将信将疑。冰心今年六十九岁，已近古稀，在如今那样的环境里传出死讯，无可惊异。读《清华学报》新七卷第一期（一九六八年八月刊），施友忠先生有《中共文学中之讽刺作品》一文，里面提到冰心，但是没有说她已经去世。最近谢冰莹先生在《作品》第二期（一九六八年十一月）里有《哀冰心》一文，则明言“冰心和她的丈夫吴文藻双双服毒自杀了”。看样子，她是真死了。[②]她在日本的时候写信给赵清阁女士说：“早晚有一天我死了都没有人哭！”似是一

---

①冰心（1900—1999），原名谢婉莹，诗人、作家、翻译家，享年99岁，被称为“世纪老人”。

②作者在写此篇时，根据当时几个报刊的报导，以为冰心夫妇已不在人世，情不自已，写下了此篇悼文，后证实为谣言，经友人告知，冰心夫妇依然健在，惊喜之余，深悔孟浪。

语成谶！可是“双双服毒”，此情此景，能不令远方的人一洒同情之泪？

初识冰心的人都觉得她不是一个令人容易亲近的人，冷冷的好像要拒人于千里之外。她的《繁星》《春水》发表在《晨报副刊》的时候，风靡一时，我的朋友中如时昭瀛先生便是最为倾倒的一个，他逐日剪报，后来精裱成一长卷，在美国和冰心相遇的时候恭恭敬敬地献给了她。我在《创造周报》第十二期（一九二三年七月二十九日）写过一篇《繁星与春水》，我的批评是很保守的，我觉得那些小诗里理智多于情感，作者不是一个热情奔放的诗人，只是泰戈尔小诗影响下的一个冷隽的说理者。就在这篇批评发表不久，于赴美途中的杰克逊总统号的甲板上不期而遇。经许地山先生介绍，寒暄一阵之后，我问她：“您到美国修习什么？”她说：“文学。”她问我：“您修习什么？”我说：“文学批评。”话就谈不下去了。

在海船上摇晃了十几天，许地山、顾一樵、冰心和我都不晕船，我们兴致勃勃地办了一份文学性质的壁报，张贴在客舱入口处，后来我们选了十四篇送给《小说月报》，发表在第十一期（一九二三年十一月十日），作为一个专辑，就用原来壁报的名称“海啸”。其中有冰心的诗三首：《乡愁》《惆怅》《纸船》。

一九二四年秋我到了哈佛，冰心在威尔斯莱女子学院，同属于波士顿地区，相距约一个多小时火车的路程。遇有假期，我们几个朋友常去访问冰心，邀她泛舟于脑伦璧迦湖。冰心也常乘星期日之暇到波士顿来做杏花楼的座上客。我逐渐觉得她不是恃才傲物的人，不过对人有几分矜持，至于她的胸襟之高超，感觉之敏锐，性情之细腻，均非一般人所可企及。

一九二五年三月二十八日波士顿一带的中国学生在“美术剧院”公演《琵琶记》，剧本是顾一樵改写的，由我译成英文，我饰蔡中郎，冰心饰宰相之女，谢文秋女士饰赵五娘。逢场作戏，不免谑浪，后谢文秋与同学朱世明先生订婚，冰心就调侃我说：“朱门一入深似海，从此秋郎是路人。”“秋郎”二字来历在此。

冰心喜欢海，她父亲是海军中人，她从小曾在烟台随侍过一段期间，所以和浩瀚的海洋结下不解缘，不过在她的作品里嗅不出梅思斐尔的“海洋热”，她憧憬的不是骇浪涛天的海水，不是浪迹天涯的海员生涯，而是在海滨沙滩上拾贝壳，在静静的海上看冰轮作涌。我一九三〇年到青岛，一住四年，几乎天天与海为邻，几次三番地写信给她，从没有忘记提到海，告诉她我怎样陪同太太带着孩子到海边捉螃蟹，掘沙土，捡水母，听灯塔呜呜叫，看海船冒烟在天边逝去，我的意思有逗她到青岛来。她也很想来过一个暑季，她来信说：“我们打算住两个月，而且因为我不能起来的缘故，最好是海涛近接于几席之下。文藻想和你们逛山散步、泅水，我则可以倚枕倾聆你们的言论……我近来好多了。医生许我坐火车，大概总是有进步。”但是她终于没有来，倒是文藻因赴邹平开会之便到舍下盘桓了三五天。

冰心健康情形一向不好，说话的声音不能大，甚至是有上气无下气的。她一到了美国不久就呕血，那著名的《寄小读者》大部分是在医院床上写的。以后她一直时发时愈，缠绵病榻。有人以为她患肺病，那是不真实的。她给赵清阁的信上说：“肺病绝不可能。”给我的信早就说得更明白：“为慎重起见，遵协和医嘱重新检验一次，X光线，取血，闹了一天，据说我的肺倒没毛病，是血管太脆。”她呕血是周期性的，有时事前可以预知。她多么想看青岛的海，但是不能来，只好叹息：“我无有言说，天实为之！”她的病严重地影响了她的创作生涯，甚至比照管家庭更妨碍她的写作，实在是太可惋惜的事。抗战时她先是在昆明，我写信给她，为了一句戏言，她回信说：“你问我除生病之外，所做何事。像我这样不事生产，当然使知友不满之意溢于言外，其实我到呈贡之后，只病过一次，日常生活都在跑山望水、柴米油盐、看孩子中度过……”在抗战期中做一个尽职的主妇真是谈何容易，冰心以病躯肩此重任，是很难为她了。她后来迁至四川的歌乐山居住，我去看她，她一定要我试一试他们睡的那一张弹簧床，我躺上去一试，真软，像棉花团，文藻告诉我他们从北平出来什么也没带，就带了这一张庞大笨重的床，从北平搬到昆明，从昆明搬到歌乐山，没有这样的床她睡不着觉!

歌乐山在重庆附近算是风景很优美的一个地方。冰心的居处在一个小小的山头上，房子也可以说是洋房，不过墙是土砌的，窗户很小很少。里面黑黝黝的，而且很潮湿，倒是门外有几十棵不大不小的松树，秋声萧瑟，瘦影参差，还值得人留恋。一般人以为冰心养尊处优，以我所知，她在抗战期间并不宽裕。歌乐山的寓处也是借住的。

志摩在回忆里

郁达夫

我不想说志摩是如何如何的伟大，我不想说他是如何如何的可爱，我也不想说我因他之死而感到怎么怎么的悲哀，我只想把在记忆里的志摩来重描一遍，因而再可以想见一次他那副凡见过他一面的人谁都不容易忘去的面貌与音容。

新诗传宇宙，竟尔乘风归去，同学同庚，老友如君先宿草。

华表托精灵，何当化鹤重来，一生一死，深闺有妇赋招魂。

这是我托杭州陈紫荷先生代作代写的一副挽志摩的挽联。陈先生当时问我和志摩的关系，我只说他是我自小的同学，又是同年，此外便是他这一回的很适合他身份的死。

做挽联我是不会做的，尤其是文言的对句。而陈先生也想了许多成句，如“高处不胜寒”“犹是深闺梦里人”之类，但似乎都寻不出适当的上下对，所以只成了上举的一联。这挽联的好坏如何，我也不晓得，不过我觉得文句做得太好，对仗对得太工，是不大适合于哀挽的本意的。悲哀的最大表示，是自然的目瞪口呆，僵若木鸡的那一种样子，这我在小曼夫人当初次接到志摩的凶耗的时候曾经亲眼见到过。其次是抚棺的一哭，这我在万国殡仪馆中，当日来吊的许多志摩的亲友之间曾经看到过。至于哀挽诗词的工与不工，那却是次而又次的问题了。我不想说志摩是如何如何的伟大，我不想说他是如何如何的可爱，我也不想说我因他之死而感到怎么怎么的悲哀，我只想把在记忆里的志摩来重描一遍，因而再可以想见一次他那副凡见过他一面的人谁都不容易忘去的面貌与音容。

大约是在宣统二年（一九一〇）的春季，我离开故乡的小市，去转入当时的杭府中学读书——上一期似乎是在嘉兴府中读的，终因路远之故而转入了杭府——那时候府中的监督，记得是邵伯炯先生，寄宿舍是大方伯的图书馆对面。

当时的我，是初出茅庐的一个十四岁未满的乡下少年，突然间闯入了省府的中心，周围万事看起来都觉得新异怕人。所以在宿舍里，在课堂上，我只是诚惶诚恐，战战兢兢，同蜗牛似的蜷伏着，连头都不敢伸一伸出壳来。但是同我的这一种畏缩态度正相反的，在同一级同一宿舍里，却有两位奇人在跳跃活动。

一个是身体生得很小，而脸面却是很长，头也生得特别大的小孩子。我当时自己当然总也还是一个小孩子，然而看见了他，心里却老是在想："这顽皮小孩，样子真生得奇怪"，仿佛我自己已经是一个大孩似的。还有一个日夜和他在一块，最爱做种种淘气的把戏，为同学中间的爱戴集中点的，是一个身材长得相当的高大，面上也已经满示着成年的男子的表情，由我那时候的心里猜来，仿佛是年纪总该在三十岁以上的大人——其实呢，他也不过和我们上下年纪而已。

他们俩，无论在课堂上或在宿舍里，总在交头接耳地密谈着，高笑着，跳来跳去，和这个那个闹闹，结果却终于会出其不意地做出一件很轻快很可笑很奇特的事情来吸引大家的注意的。

而尤其使我惊异的，是那个头大尾巴小，戴着金边近视眼镜的顽皮小孩，平时那样的不用功，那样的爱看小说——他平时拿在手里的总是一卷有光纸上印着石印细字的小本子——而考起来或作起文来却总是分数得的最多的一个。

像这样的和他们同住了半年宿舍，除了有一次两次也上了他们一点小当之外，我和他们终究没有发生什么密切一点的关系。后来似乎我的宿舍也换了，除了在课堂上相聚在一块之外，见面的机会更加少了。年假之后第二年的春天，我不晓为了什么，突然离去了府中，改入了一个现在似乎也还没有关门的教会学校。从此之后，一别十余年，我和这两位奇人——一个小孩，一个大人——终于没有遇到的机会。虽则在异乡漂泊的途中，也时常想起当日的旧事，但是终因为周围环境的迁移激变，对这微风似的少年时候的回忆，也没有多大的留恋。

民国十三、十四年——一九二三、一九二四年——之交，我混迹在北京的软红尘里。有一天风定日斜的午后，我忽而在石虎胡同的松坡图书馆里遇见了志摩。仔细一看，他的头，他的脸，还是同中学时候一样发育得分外的大，而那矮小的身材却不同了，长高了很多，和他并立起来，简直要比我高一二寸的样子。

他的那种轻快磊落的态度，还是和孩时一样，不过因为历尽了欧美的游程之故，无形中已经锻炼成了一个长于社交的人了。笑起来的时候，可还是同十几年前的那个顽皮小孩一色无二。

从这年后，和他就时时往来，差不多每礼拜要见好几次面。他的善于座谈，敏于交际，长于吟诗的种种美德，自然而然地使他成了一个社交的中心。当时的文人学者、达官丽姝，以及中学时候的倒霉同学，不论长幼，不分贵贱，都在他的客座上可以看得到。不管你是如何心神不快的时候，只教经他用了他那种浊中带清的洪亮的声音，“喂，老×，今天怎么样？什么什么怎么样了？”的一问，你就自然会把一切的心事丢开，被他的那种快乐的光耀同化了过去。

正在这前后，和他一次谈起了中学时候的事情，他却突然地呆了一呆，张大了眼睛惊问我说：

“老李你还记得起记不起？他是死了哩！”

这所谓老李者，就是我在头上写过的那位顽皮大人，和他一道进中学的他的表哥哥。

其后他又去欧洲，去印度，交游之广，从中国的社交中心扩大而成为国际的。于是美丽宏博的诗句和清新绝俗的散文，也一年年地积多了起来。一九二七年的革命之后，北京变了北平，当时的许多中间阶级者就四散成了秋后的落叶。有些飞上了天去，成了要人，再也没有见到的机会了，有些也竟安然地在牖下到了黄泉；更有些，不死不生，仍复在歧路上徘徊着，苦闷着，而终于寻不到出路。是在这一种状态之下，有一天在上海的街头，我又忽而遇见志摩，“喂，这几年来你躲在什么地方？”

兜头的一喝，听起来仍旧是他那一种洪亮快活的声气。在路上略谈了片刻，一同到了他的寓里坐了一会，他就拉我一道到了大赉公司的轮船码头。因为午前他刚接到了无线电报，诗人泰戈尔回印度的船系定在午后五时左右靠岸，他是要上船去看看这老诗人的病状的。

当船还没有靠岸，岸上的人和船上的人还不能够交谈的时候，他在码头上的寒风里立着——这时候似乎已经是秋季了——静静地呆呆地对我说：

“诗人老去，又遭了新时代的摈斥，他老人家的悲哀，正是孔子的悲哀。”

图书在版编目（CIP）数据

我想做一个能在你的葬礼上描述你一生的人 / 季羡林等著. -- 修订本. -- 北京 : 中国致公出版社 , 2021（2023.6重印）

ISBN 978-7-5145-1868-9

Ⅰ. ①我… Ⅱ. ①季… Ⅲ. ①散文集 - 中国 - 现代②散文集 - 中国 - 当代 Ⅳ. ① I266

中国版本图书馆 CIP 数据核字 (2021) 第 192803 号

我想做一个能在你的葬礼上描述你一生的人 / 季羡林 等著

WO XIANG ZUO YI GE NENG ZAI NI DE ZANGLISHANG MIAOSHU NI YISHENG DE REN

出　　版	中国致公出版社 （北京市朝阳区八里庄西里 100 号住邦 2000 大厦 1 号楼西区 21 层）
发　　行	中国致公出版社（010-66121708）
责任编辑	方　莹
策划编辑	赵荣颖　孙清清
责任校对	邓新蓉
封面设计	主语设计
责任印制	龚君民
印　　刷	天津旭丰源印刷有限公司
版　　次	2021 年 11 月第 1 版
印　　次	2023 年 6 月第 3 次印刷
开　　本	880mm × 1230mm　1 / 32
印　　张	7.5
字　　数	180 千字
书　　号	ISBN 978-7-5145-1868-9
定　　价	45.00 元